ZETT – ein Roman von Thomas W. M. Hecht

Thomas W. M. Hecht

ZETT

Ein Roman

Bibliografische Information der Deutschen
Nationalbibliothek:
Die Deutsche Nationalbibliothek verzeichnet diese
Publikation in der Deutschen Nationalbibliografie;
detaillierte bibliografische Daten sind im Internet über
http://dnb.dnb.de abrufbar.

Herstellung und Verlag: BoD – Books on Demand,
Norderstedt

ISBN: 978-3-7526-4586-6

Über den Autor

Als Kind einer Arbeiterfamilie wuchs Thomas W. M. Hecht in den sechziger Jahren in Mannheim auf, ging auf eine Brennpunktschule und studierte einige Semester Informatik, später auch einige Semester Mathematik..

Er übte verschiedener Berufe aus und unternahm Reisen, die ihn u.a. in das damals noch faschistische Spanien führten, ins revolutionäre Portugal, nach Skandinavien, Sizilien und in die Vorgebirge des Himalaya, wo er geheimnisvolle Klöster besuchte.

Thomas W. M. Hecht lebt und arbeitet heute noch in seiner Heimatstadt Mannheim

Auf der Bühne des Bewusstseins erscheinen Menschen, Gegenstände und Ideen, sie treten auf, wie kleine Clowns, vom wabernden Urgrund der Vorexistenz hervorgebrachte Phänomene des Geistes, die für den Augenblick tanzen.

ZETT

I

Für eine Weile hatte Zett an nichts Bestimmtes gedacht, dann aber glaubte er, etwas zu hören, das in seine Zuständigkeit fiel. Er sah in ein von Kälte gerötetes Gesicht. Das Mädchen sagte: Das wird ihr Leben verändern. Zett dachte: Das ist eine Situation, die sich so oder so entwickeln kann. Das Mädchen fuhr fort: Es wird nicht nur ihr bisheriges Leben verändern. Sie können ein neuer Mensch werden. Zett sah auf den bunten Flyer, der ihm hingehalten wurde und erkannte naiv gezeichnete Dinosaurier. Um ihn herum warteten Menschen an einer Haltestelle. Er nahm den Prospekt, nickte dem Mädchen freundlich zu und stieg in die Bahn, die gerade angehalten und die Türen geöffnet hatte. Es war klug von ihm, sich dem Gespräch zu entziehen. Man weiß ja nie, wie so etwas weiter geht. Für kurze Zeit erschien es ihm auf eine diffuse Weise unklar, ob er in der Bahn noch etwas anderes wollte. Aber er nahm grundsätzlich einen geregelten Ablauf an und orientierte sich. Manchmal, sagte Zett, denke ich wie ein Buchhalter. Ich registriere die Dinge.

So nahm er, beispielsweise, zur Kenntnis, dass Schmutz und Nässe auf dem Boden der Bahn zu den Türen hin zunahmen und dass der Bodenbelag fast schwarz war. Er hob den Blick und sah durch eine beschlagene Scheibe. Es war fast schon dunkel und etwas neblig. Erleuchtete Schaufensterscheiben erschienen. Um Straßenlaternen bildeten sich Lichthöfe. Der Faltenbalg des Gelenkzuges zog kurz die Aufmerksamkeit Zetts auf sich. Das hatte ihn schon als Kind fasziniert. Fast hatte er das Gefühl, sich unerwartet in einer Situation wiederzufinden, die plötzlich aufgetaucht war, aber dann wurde ihm klar, dass das alles eine Vorgeschichte hatte. Und es wäre ja merkwürdig, sagte Zett, wenn das nicht so wäre. Ich fahre mit der Straßenbahn. Das ist banal. Und darüber hinaus ist es mein gutes Recht. Es ist die Linie Sechs. Sie fährt über Hauptbahnhof und Theater, irgendwo hin, in die äußeren Stadtteile, vielleicht auch in ein Industriegebiet. Dafür muss ich mich nicht rechtfertigen. An der nächsten Haltestelle öffnete sich die Tür, durch die Zett eingestiegen war. Kalte Luft kam herein und er fröstelte. Er dachte kurz daran, wie er sich einmal im Winter in einem Park verirrt hatte. Wann war das. Die Bahn fuhr weiter. Zett trug eine leichte, unmoderne Windjacke, fast von derselben Farbe wie der Bodenbelag der Bahn. Ich bin ja eher eine unauffällige Erscheinung, sagte Zett, so einer, den man übersieht.

Die weiteren Passagiere waren normale Berufstätige, wie der Uhrzeit nach zu erwarten war. Manche waren aber auch alt und gebrechlich. Ein Mann zitterte und Zett nahm das wahr, in der Art, dass die Dinge so sind, wie sie sind, nicht im gedanklichen Vergleich mit einem, wie auch immer gearteten Ideal. Jeder Gegenstand, sagte Zett und auch jeder Mensch existiert auf seine Weise. Das gilt für die Schraube hier, die in den Fensterrahmen der Bahn gedreht ist, genauso, wie für die

Schuhe des Mannes, der mir gegenüber sitzt. Seiner Natur nach, die eher beschaulich, als analytisch war, tauchte in ihm kurz und wenig präzise die Vorstellung auf, dass Menschen und Gegenstände gleichermaßen wie kleine Schauspieler auf eine Bühne traten. Er betrachtete nun die anderen Fahrgäste, insbesondere den zitternden Mann, dann eine neu zugestiegene Familie, ein Paar um die Vierzig, zwei Mädchen von vielleicht dreizehn und fünfzehn Jahren, alle ärmlich gekleidet. Auch Zett gab für Kleidung nur wenig Geld aus. Er dachte: Eigentlich habe ich fast jeden Tag die gleiche Jacke an. Für einen Moment sah er seine Reflexion im Glas: ein Mann von schwer zu schätzendem Alter, näher an den Fünfzig als an den Vierzig, eher mager denn athletisch. Die neu zugestiegene Familie war kaum noch zu sehen, sie hatten sich in einiger Entfernung niedergelassen. Eines der Mädchen stand noch. Sie sehen sich alle ähnlich, dachte Zett. Und: es ist nicht sicher, dass sie ein Elternpaar mit Kindern sind. Alle schienen sie leicht übergewichtig, mit runden Gesichtern, ihr Umgang miteinander war freundlich.

Die Bahn hielt an einer Ampel. Parallel dazu hielt der Straßenverkehr. Zett sah durch die beschlagene Scheibe. Die Autos waren überwiegend schwarz und schienen beinahe organisch Teil ihrer nassen, kalten Umwelt zu sein. Eine Welt, fast ohne Farben.

Nur der bunte Prospekt, den ihm das Mädchen an der Haltestelle gegeben hatte entzog sich dieser Gesetzmäßigkeit. Neugierig betrachtete er das bedruckte Papier. Eine Sekte, war seine erste Vermutung. Von Jesus war die Rede, von Dinosauriern und von Erlösung. Er versuchte sich an das Mädchen zu erinnern. Eine junge Frau, mit Mütze und Schal. Das was man vom Gesicht sehen konnte, rot von der Kälte. Wie kommt ein Mensch dazu, an einer Haltestelle religiöse

Schriften zu verteilen. Mir fällt dazu nichts ein, sagte Zett, allerdings habe ich, wenn ich das an dieser Stelle sagen darf, auch nicht gerade viel Fantasie. Ich bin kein kreativer Mensch. Wohin sollte das auch führen. Er dachte kurz an einen Bekannten, der sich gerne zu Menschen in Straßencafés oder anderen Orten Geschichten ausdachte. Aber Geschichten gibt es doch genug. Des Bücherschreibens ist kein Ende. Woher dieser Bibelspruch. Wann war er das letzte Mal in einem Gottesdienst. Ein Tumult unterbrach seine Gedanken. Zett konnte nicht sofort feststellen, was los war. Schon seit einigen Minuten war es laut geworden. Es schien, dass ein Geisteskranker mit anderen Passagieren der Bahn in Streit geraten war. Vielleicht, überlegte sich Zett, ist der Begriff geisteskrank hier vorschnell verwandt. Der Mann war stark erregt. Das kann aber, aus welchen Gründen auch immer, eigentlich jedem passieren. Zett beobachtete. Da er aber den Streit nicht genau verstehen konnte, verlor er das Interesse. Ich neige nicht zu Ängsten, dachte er für sich.

Es folgte eine Zeitspanne schwer zu schätzender Länge in der sich der Fokus der Gedanken bei Zett auflöste, in der er in einem gewissen Sinn nichts dachte, was er mit Worten hätte ausdrücken können. Danach tauchten Objekte und Bilder wieder auf. Sein Gesicht entstand wieder als Reflexion im Glas. Ein Objekt, das er in seinen Gedanken nicht in Worte formulierte. Er vertiefte sich darin und erkannte schließlich, dass es nicht sein Gesicht war, sondern das eines Mitfahrers. Vom Winkel unter dem er das Bild betrachtet hatte, war das verständlich und er war einen Augenblick nicht wachsam gewesen, was auch vorkommen kann, aber doch gab es ihm einen Stich, dass er sich hier getäuscht hatte. Er widerstand der Versuchung sich zur Scheibe umzudrehen um seinem Spiegelbild ins Gesicht zu sehen. Er hielt noch immer den

Zettel in der Hand, den ihm die Frau an der Haltestelle gegeben hatte. Mit wenigen Worten wurden Himmel und Hölle, Erlösung und Verdammnis abgehandelt. Die Religion als Rechtfertigung oder gar Verpflichtung zum Leben. Das setzte schon einiges voraus, neben den abstrakten Begriffen von Gut und Böse auch die Unwandelbarkeit und Individualität der Person. Wenn einer schlafen geht und als ein anderer aufwacht, dann hätte das alles keinen Sinn.

Die Dinosaurier standen für einen Trick Satans, den Menschen glauben zu machen, die Welt wäre älter als achttausend Jahre. Das sind alles sehr weit reichende Gedanken, dachte Zett. Auch war nicht klar, wie aus einer Abstraktion des Bösen der Teufel als Person entstehen konnte. Er betrachtete den Fensterrahmen der Straßenbahn. Diese kleine Schraube, dachte er, klammert sich schon von ihrer Form her an ihre Existenz. Sie sitzt sehr fest an der Oberfläche der Erscheinungen und weigert sich, wieder darunter zu verschwinden in das Ungewisse. Man hätte mit Gewalt gegen sie vorgehen müssen, um ihr diesen Triumph, diesen festen Platz zu nehmen. Auch der Teufel hatte in einem gewissen Sinn einen festen Platz in der Welt. Man hat sofort ein Bild vor Augen, dachte Zett, wenn man das Wort sagt. Der Teufel war eine Art aufrecht gehender Ziegenbock mit höhnischer Fratze und Hörnern. Gott kann man sich weniger gut vorstellen, führte er den Gedanken weiter. Er schien ein Geist und weit weg und nur wenig greifbar. Für einen kurzen Moment tauchte die Vorstellung der Welt als Gottes Schöpfung in Zetts Gedanken auf, aber dieses Bild hatte wenig Substanz für ihn. Diese nasse, kalte Welt, der Straßenbahnwagen, die Menschen darin. Dies alles schien aus sich selbst heraus zur Existenz gekommen, aus einem tieferen Urgrund heraus, in einem Akt, in dem sich das Formlose formt, nicht als Schöpfung aus dem Nichts. Eher dem Nichts als dem Sein verwandt, bedurfte es den Akt der Schöpfung nicht.

Zett wurde schwindlig. Obwohl er auf einem der Sitze der Bahn saß, griff er nach einer Haltestange. Er fühlte Schmerzen in seinem rechten Fuß. Der Schmerz war schon die ganze Zeit da gewesen, aber er nahm ihn erst jetzt zur Kenntnis. Der Schmerz verband ihn mit der Wirklichkeit. Es fühlte sich an, als wäre ein Nagel durch seinen Fuß geschlagen worden. Zett überlegte, wo er sich eine solche Verletzung zugezogen haben könnte, aber es fiel ihm nichts dazu ein. Wäre er wirklich in ein Brett mit einem rostigen Nagel getreten, hätte er es in diesem Augenblick merken müssen. Zett beschloss, bei der nächsten sich bietenden Gelegenheit den Schuh auszuziehen und seinen Fuß zu untersuchen. Die Toilette des Theaters zu dem er unterwegs war, würde eine solche Gelegenheit bieten. Sein Bewusstsein breitete sich aus und umfasste nun die Zeit von da, wo er in die Straßenbahn gestiegen war, bis kurz nach seiner Ankunft im Theater. Aus dieser gedehnten zeitlichen Perspektive heraus verband sich nun vieles mit einer gewissen Logik. Die Fahrt mit der Bahn hatte einen Anfang und ein Ende. Sie hatte auch ein Ziel und einen Zweck. Das Betrachten eines kompletten Zeitraums, der zudem teils in der Vergangenheit und teils in der Zukunft lag, brachte eine andere Form der Erkenntnis als das reine Wahrnehmen des So-Seins der Dinge. Mit ihm kamen das warum und der Begriff von Wert und Bedeutung. Warum sieht ein Mann eine Komödie. Und wann hatte er den Entschluss gefasst, ins Theater zu gehen.

Zett dachte an die Zeit, bevor er in diese Straßenbahn gestiegen war, aber in einem gewissen Sinn nur kurz und ungenau und dann in einer eher allgemeinen Form an seine

Vergangenheit. Er wohnte alleine in einer kleinen Zwei-Zimmer-Wohnung in einem mäßig angesehenen Stadtteil, der aber noch zum Innenstadtbereich gehörte. Vorher hatte er in einer großen Wohnung in einem Hinterhaus gewohnt. Eine Wohnung, die den Nachteil hatte, dass sie weder über eine Heizung noch über ein Bad verfügte. Davor hatte Zett bei seinen Eltern gelebt. Zetts Aufmerksamkeit richtete sich wieder auf seine Umgebung und er dachte, dass diese Situation, diese Zusammenstellung von Menschen nur für Minuten existieren würde. Seine Existenz reichte aber darüber hinaus. Das war im Grunde eine Selbstverständlichkeit, stärkte aber sein Selbstbewusstsein. Er hatte die Vorstellung, dass er, genau wie die Schraube aus dem Fensterrahmen der Bahn, seinen Platz hatte und sich an diesem festhielt. Sein Denken dehnte sich nach allen Richtungen aus und er nickte selbstgefällig. Ich will das einmal so sagen, sagte Zett: Bescheidenheit ist jetzt nicht am Platz, schließlich gehe ich ins Theater.

Ein scharfer, glühender Schmerz in seinem Fuß riss ihn aus dieser beinahe hochmütigen Betrachtung seiner selbst. Wie kann das sein, dachte er. Wo kommt diese Verletzung her. Er konnte sich schlichtweg nicht erinnern, in der letzten Zeit einen Unfall gehabt oder auch sonst nur in einen Nagel oder einen ähnlichen Gegenstand getreten zu sein. Vielleicht war das nur eine Kleinigkeit. Eine Unaufmerksamkeit die keinen weiteren Gedanken wert war. Und doch beunruhigte es ihn. Es war eine Unstimmigkeit in seiner Existenz, die das ganze Universum seines Denkens gefährdete, als würde ein unsichtbarer Feind die Gesetzmäßigkeit und Verlässlichkeit seines Seins auf perfide Weise attackieren. Wütend zog er den Schuh an dem betreffenden Fuß aus. Zett trug leichte Laufschuhe, die schon etwas abgewetzt und für sein Alter und seine biedere Erscheinung eine Spur zu sportlich waren. Der Schuh hatte nur dünne Gummisohlen mit Profil, dann eine Schicht aus Schaumgummi und eine Textilschicht innen. In der Sohle war ein Loch. Es war eindeutig, dass ein Gegenstand, von vielleicht drei oder vier Millimetern Durchmesser, die Schuhsohle durchdrungen hatte. Zett glaubte Spuren von Rost zu erkennen. Ein rostiger Nagel also, ganz so, wie vermutet. Die Bahn hielt. Es war die letzte Haltestelle vor dem Theater. Viele Menschen stiegen hier aus, aber auch einige ein. In dem Durcheinander blieb Zett, der auf die Sohle seines Schuhs starrte, unbeachtet. Nur ein Mädchen, das eingestiegen war, sah ihn entgeistert an, wurde aber von seiner Mutter weiter ins Innere des Waggons gezerrt. Zett zog seinen Schuh wieder an und es war ihm nun peinlich, dass er ihn in einer Straßenbahn ausgezogen hatte. Damit hätte ich auch warten können, dachte er bei sich. Aber es gab ihm zu denken, dass es etwas Unerklärliches gab in seinem Leben, etwas, das ihn in seiner Gesamtheit in Frage stellte. Etwas, bei dem er sagen musste: Das gibts doch gar nicht. Ein Bruch der Logik und der Naturgesetze. Wenn ich nur wüsste, wann und wo ich in diesen Nagel getreten bin.

Davon abgesehen, war sein Leben ganz normal. Zett lebte sehr zurückgezogen. Er arbeitete als Angestellter in der Personalabteilung eines großen Unternehmens und das schon seit mehreren Jahren ohne Veränderung. Dort verwaltete er Urlaubstage und Krankmeldungen, stellte Schichtpläne zusammen und war auch schon mal bei einem Bewerbungsgespräch mit dabei. Wenn das nicht solide ist. Sein Umgang mit den Kollegen war freundlich aber distanziert. Auch hatte er einige Freundschaften aus seiner Schulzeit und der Zeit seiner Ausbildung bewahrt. Seine Aufmerksamkeit richtete sich wieder nach draußen, da sich nun die Haltestelle näherte, an der er aussteigen musste. Gut, dachte er, dass ich den Schuh rechtzeitig wieder angezogen habe. Er machte sich bereit aufzustehen. Andere Passagiere standen auf und drängten zu den Türen. Die Bahn konnte jedoch nicht in die Haltestelle einfahren, da sie dazu über zwei Fahrspuren der Straße hätte abbiegen müssen. Auf diesen aber war Stau. Und bei der nachfolgenden Grünphase fuhren weitere Autos nach vorne und stauten sich nun ihrerseits an dem halb abgebogenen Gelenkzug. Was, dachte Zett, wenn es mir nicht gelingt, an dieser Haltestelle auszusteigen. Wer weiß, wie weit die nächste entfernt ist. Und was ist, wenn es mir in diesem Fall nicht gelingt, diese Strecke zu Fuß zurückzulegen, weil mich meine Verletzung, die ich mir ja offensichtlich zugezogen habe, daran hindert.

Er empfand es als unangenehm, dass ein so einfacher Vorgang, wie die Fahrt mit der Bahn zum Theater so ungewiss war und jederzeit ins Unkalkulierbare abgleiten konnte. Er war mit dieser Straßenbahnlinie noch nie weiter gefahren als bis zur Haltestelle Theater. Danach konnte man sehen, dass die Gleise auf eine Brücke führten. Die Brücke überquerte einen Kanal, in dem Binnenschiffe im gelben Licht von Natriumlampen lagen.

Als Junge hatte Zett für eine kurze Zeit eine Netzkarte der Verkehrsgesellschaft besessen, mit der er im Stadtbereich mit jedem Bus und mit jeder Bahn fahren konnte. Das kam ihm als großes Abenteuer vor und er beschloss, mit jeder Bahn und jedem Bus bis zu dessen Endhaltestelle zu fahren. Aber schon der zweite Bus, den er nahm, führte in ein trostloses Industriegebiet. Als der Bus hielt, traute er sich kaum auszusteigen. Er war der einzige Passagier. Es gab keine Wohnhäuser, nur Mauern, teilweise mit Stacheldraht darauf und rostige Eisentore. In der abblätternden Farbe der

Schrifttafeln entzifferte er Worte wie Kettenschmiede, Apparatebau oder Schweißerei und es lag ein Geruch von heißem Metall und Maschinenöl in der Luft. Es gab nichts, wo er hingehen konnte. Er und der Busfahrer, der in seinem Fahrzeug wartete, waren die einzigen Menschen hier. Ihm wurde klar, dass er sich entscheiden musste: er konnte so tun, als hätte er einen ernsthaften Grund, hier zu sein, warten, bis der Bus abfuhr und dann an der Haltestelle auf den nächsten warten. Oder er könnte in den Bus, mit dem er gekommen war, wieder einsteigen und zurückfahren. Der Mut verließ ihn. Unter dem kritischen Blick des Busfahrers stieg er ein, setzte sich nach hinten und beschloss, auf weitere Erforschung der Endhaltestellen zu verzichten. Bald darauf gab er die Netzkarte zurück.

Die Bahn rückte einen Meter vor. Durch die Fenster auf der gegenüberliegenden Seite sah Zett das Theaterfoyer, das warm erleuchtet war. Das war ein enormer Kontrast zu der vermuteten Finsternis in die die Bahn mit ihm weiterfahren würde, wenn es ihm nicht gelänge, sich hier zur Tür durchzukämpfen. Der zitternde Mann, den er beobachtet hatte, war aufgestanden und wurde nun in seine Richtung gedrängt, als ein kräftiger Bursche sich zum Ausgang vorarbeitete. Er zitterte jetzt noch mehr, vermutlich weil er länger hatte stehen müssen, als die Nähe der Haltestelle erwarten ließ. Für einen Menschen in derart schlechtem Zustand ist das wohl eine kleine Tragödie, dachte Zett. Aber dann stieg Widerwillen in ihm auf und verdrängte sein Mitleid. Er sollte den anderen nicht den Platz wegnehmen. Das war ein für Zett überraschend kalter und harter Gedanke. Dann ging alles ganz schnell und die Bahn glitt fast geräuschlos in die Haltestelle. Diejenigen, die sich direkt hinter der Tür gestaut hatten, stiegen schnell aus. Aber Zett hatte den zitternden Mann vor sich, der nun, überraschenderweise, keinerlei Anstalten machte, auszusteigen. Das darf doch nicht wahr sein, dachte er. Er hatte kaum Platz aufzustehen und der Zitterer ging ihm nicht aus dem Weg. Ich steige hier aus, lassen sie mich vorbei, sagte er laut in einem Tonfall, in dem sich Wut und aufkommende Panik mischten. Der zitternde Mann murmelte etwas. Zett verstand ihn nicht, aber es schien, als fühle er sich ungerecht behandelt. Dement oder vielleicht auch schwachsinnig, verstand er den Ernst der Lage nicht. Er wich ein wenig zurück, wurde aber von der freundlichen und übergewichtigen Unterschichtfamilie, die hier ebenfalls ausstieg, wieder in Zetts Richtung gedrängt. Zett sah in ihre fröhlichen Mondgesichter. Er unterdrückte Wut und Furcht, stand wackelig auf, weil er dazu nicht genug Platz hatte, drängte sich an dem zitternden Mann vorbei und folgte der Familie zum Ausgang. Als letzter stieg er aus. Eines der Mädchen hinderte mit beherztem Griff die Tür daran, vor Zetts Nase zu schließen. Danke murmelte er und trat auf den nassen Bahnsteig, wo er erst einmal tief Luft holte.

II

Die Bahn verschwand in der Dunkelheit. Beinahe hätte sie
Zett mitgenommen. Der Boden unter seinen Füßen war nass.
Zett hörte die Abrollgeräusche der Reifen der Autos, die an
ihm vorbei fuhren. Erscheinungen einer nassen und kalten
Welt. Die ausgestiegenen Passagiere der Bahn zerstreuten
sich. Nur wenig gingen Richtung Theater. Bald war Zett
alleine. Er lief den Bahnsteig einmal hin und einmal wieder
zurück, als müsse er sich erst wieder der Welt gewiss
werden. Er fühlte den Boden unter seinen Füßen. Dass er so
mit beiden Beinen auf der Erde stand, gab ihm Sicherheit. Er
blickte jetzt zum Foyer, das große, bis auf den Boden
reichende Fenster hatte und so den Einblick in sein warmes
und trockenes Innere erlaubte. Er fühlte Kälte und Nässe an
seinem verletzten Fuß und bemerkte, dass er in einer Pfütze
geringer Tiefe stand. Sie war klar und wirkte fast schwarz.
Durch das Loch in der Schuhsohle war offensichtlich Wasser
eingedrungen. Das erinnerte ihn an seine unerklärliche
Verletzung und führte zudem dazu, dass die federnde
Wirkung von Schuh und Strumpf verringert war und ihn sein
Fuß nun bei jedem Schritt noch mehr schmerzte.

Der Nebel war inzwischen dichter geworden. Zetts Jacke war
von feinen Wassertropfen benetzt. Hätte man ihn von der
anderen Straßenseite beobachtet, es hätte der Eindruck
entstehen können, er würde, dunkel, nass und kalt, mit seiner
Umgebung verschmelzen, ja, es wäre möglich, dass er sich
ganz und gar darin auflöse. Zett hatte selbst einen ähnlichen
Eindruck, aber noch unterhalb der Grenze, wo er in der Lage
gewesen wäre, ihn in Worten zu formulieren. Der nun
einsame Bahnsteig war eine Welt für sich. Zett schaute

entlang der glänzenden Schienen. Keine weitere Bahn war in Sicht. Als wäre die Bahn, mit der er gekommen war, eine Requisite gewesen, die nur für einen Akt eines Schauspiels gebraucht worden war. Er blickte in die Richtung in die die Bahn weitergefahren war. Er fühlte keinerlei Drang, diese geheimnisvolle Welt zu erforschen. Zett war kein Reisender, kein Abenteurer. Seine Erfahrungen in diesem Bereich waren denkbar gering. Als zehnjähriger Junge war er in ein Feriencamp geschickt worden und einmal war er, bereits ein Jugendlicher, mit seinen Eltern in Österreich auf Urlaub gewesen. Seine Eltern waren, wie man so sagt, einfache Leute, sein Vater ein schweigsamer Arbeiter, groß, kräftig mit fast schwarzem Haar, seine Mutter eine kapriziöse Schmuckverkäuferin. Der Altersabstand zu ihnen war groß. Seine Mutter war fast vierzig gewesen, als er auf die Welt gekommen war. Das Bild seiner Eltern blieb schwach vor dem geistigen Auge von Zett, unscharf und belanglos. Vielleicht ist das aber auch gut so, dachte Zett bei sich. Es ist wichtig, dass man mit beiden Beinen auf dem Boden steht, dass man die Welt so sieht, wie sie ist. Das, beispielsweise war eine Laterne. Zett berührte den eisernen Mast. Das Metall war nicht so glatt, wie es ausgesehen hatte. Er strich mit den Fingern darüber. Das war ohne Zweifel ein Teil der Welt, so wie er selber. Und wenn man es genau betrachtete, Beweis für eine umfassende Normalität. Es gibt ja jetzt auch nichts, wo ich sagen könnte, das wäre nicht normal, sagte Zett, denn was sollte das sein.

Aber der plötzlich aufkommende Gedanke, dass es nichts gab, was er beispielsweise einem Psychoanalytiker hätte sagen können, hatte ja nur in sehr oberflächlicher Weise etwas Beruhigendes. Dachte man genau darüber nach, war es eine unheimliche Vorstellung. Das Gefühl der Leere wurde jedoch durch die Betrachtung des So-Seins der Dinge wesentlich abgemildert. Der Bahnsteig war eine kleine Welt, zumindest für eine kurze Zeit. Alle Dinge, aus denen er bestand, waren wie Blasen aus einem Urgrund hervorgegangen, aus einer voranfänglichen, formlosen Welt, die man sich wie kochenden Schlamm oder Teer vorstellen konnte. Ihre blubbernde Oberfläche warf die Elemente des Seins in die Existenz, wo sie sich dann mehr oder weniger festsetzten. Selbst der Unrat auf dem Bahnsteig war irgendwie entstanden und behauptete nun sein Recht zu bleiben. Er sah eine Glasscherbe, vermutlich von einer zerschlagenen Bierflasche, die genauso mit feinen Wassertropfen überzogen war, wie seine ausgeblichene Jacke. Diese Jacke bestand aus Mikrofaser und war ursprünglich tief schwarz gewesen. Seine Mutter hatte sie ihm vor mehr als zwanzig Jahren gekauft. Es wäre tröstlich gewesen, sich vorzustellen, dass die Welt einen Anfang hatte. Jeder Anfang hätte ein Maß an Ordnung und Struktur bedingt. Es hätte bedeutet, dass ein Tag auf den anderen folgt. Wo aber war das Gestern. Die Dinge existierten in einer Gleichzeitigkeit. Sie traten aus dem Urgrund der Vorexistenz hervor, wie Schauspieler, die auf eine Bühne treten. Im Theater fragt ja auch niemand, wo der Schauspieler vor einer Stunde oder vor zehn Jahren war. Er existiert ab dem Augenblick in dem er auf die Bühne tritt. Die Zuschauer lassen ihn leben. Und verständlicherweise gierten die Schauspieler und Tänzer nach Rampenlicht und Applaus. Es war ihr Lebenselixier. Zwischen den Vorstellungen versanken sie in eine bleigraue Halbexistenz.

Es braucht Charakterstärke, dachte Zett, um sich in dieser Welt zurechtzufinden. Um zu verhindern, dass das Leben aus dem Ruder läuft. Ein Mann wie ich ist gerade der richtige dazu. Nicht zu starken Emotionen neigend, weitestgehend furchtlos, aber doch nicht leichtsinnig. Vielleicht ein wenig zu bescheiden, so dass die Bescheidenheit von schlichten Charakteren als Ärmlichkeit hätte interpretiert werden können. Aber gerade das war gut, dass seine Fähigkeiten nicht auf den ersten Blick zu erkennen waren. Irgendwie kam es ihm vor, als hätte er eine Mission. Von stadtauswärts her war eine weitere Bahn zu sehen, fast gleich darauf erschien eine Bahn von der Innenstadt her, aus der Richtung, aus der Zett gekommen war. Er wäre gerne geflohen, aber die Fußgängerüberwege, die den Bahnsteig mit den Gehwegen verbanden, hatten Ampeln und die waren rot. Die übersichtliche Klarheit seines Seins geriet in Gefahr. Menschenmassen hatten ihm nie behagt. Ihm lag es, aus der Ferne zu beobachten. In der Masse liegt immer das Unkontrollierbare, man weiß nie, was aus ihr hervorgeht.

Ohne ihm Zeit zu geben, weiter seinen Gedanken nachzuhängen, fuhren die Bahnen in die Haltestelle ein und entließen dutzende Passagiere in die kalte, feuchte Nacht. Menschen drängten vorbei, er bekam einen Stoß von einem Ellbogen in die Rippen. Empört schnappte er nach Luft und sah dem Rowdy nach, der ihn geknufft hatte. Dann drehte er sich um, in der Absicht, dem Menschenstrom ins Gesicht zu sehen, prallte aber nach einer dreiviertel Drehung mit vollem Körperkontakt gegen eine füllige Dame und als hätte sich der Teufel gegen ihn verschworen, bekam er eine ihrer Brüste zu fassen. Sie schaute ihn mit echter Überraschung an, von unten herauf, denn sie war deutlich kleiner als er. Das Entsetzen aber war ganz auf seiner Seite. Er taumelte einen Schritt zurück, wobei er die Hand, die unter ihre geöffnete Jacke geglitten war, zurückzog. Die Dame, die etwa in seinem Alter schien, sagte: Das war wohl keine Absicht. In den folgenden Sekunden nahm er jedes Detail mit ungeheurer Intensität wahr, sowohl bei seinem Gegenüber als auch in sich selbst, in seinen körperlichen und geistigen Reaktionen, so dass die Zeit sich für ihn zu dehnen schien.

Die Frau war mittelgroß, von kräftigem Körperbau, mit breiten Hüften und blonden Haaren, die vermutlich so gefärbt waren. Sie trug eine offene Jacke, eine Art Parka mit Kapuze, die einen Pelzrand hatte, darunter einen engen, roten Pullover, enge, dunkle Jeans und Stiefel. Überraschung und Entsetzen ließen so weit nach, dass Zett wieder denken konnte. Die Situation war unglaublich peinlich, aber die Dame schien offensichtlich nicht zu Überreaktionen zu neigen. Da habe ich noch mal Glück gehabt, dachte er. Der Gesichtsausdruck seines Gegenübers wandelte sich, vom humorvollen zum besorgten. Sie schien zu erkennen, dass Zett einen tiefen Schrecken bekommen hatte. Was hätte passieren können, war natürlich, dass die Dame geschrien oder ihn gar geohrfeigt hätte oder dass vielleicht noch die Polizei gekommen wäre. Aber alles das waren normale und irgendwie überschaubare Weiterentwicklungen der Situation. Was Zett verunsicherte war, dass er nicht wusste, was er von der Situation halten sollte. Irgendetwas sollte ich doch dazu denken. Schließlich war er nicht ohne sexuelle Erfahrungen. Aber für ihn war es, als sähe er diese Dinge wie durch eine trübe Glasscheibe, schwach und mit wenig Interesse. Er hatte im Laufe seines Lebens mehrere Freundschaften und Beziehungen mit Frauen gehabt und bei einigen war die Ausübung des Geschlechtsverkehrs gewissermaßen inkludiert gewesen. Aber diese Beziehungen waren immer auf irgendeine merkwürdige Weise vertrackt, schwierig, entwickelten sich nicht weiter und endeten in gegenseitigem Missvergnügen. In jungen Jahren hatte er eine homoerotische

Freundschaft zu einem anderen Knaben unterhalten. Das ist ja durchaus nichts Ungewöhnliches, dachte Zett bei sich. Das muss man gelten lassen.

Nachdem er so wieder Gewissheit über sich selbst erlangt hatte, sagte er zu der Dame: Das tut mir leid, was da passiert ist. Ich hätte da nicht stehenbleiben sollen, wenn die Bahn ankommt. Da kann es schon mal eng werden. Mit: Sie gehen ins Theater, zeigte die Dame, dass für sie das Thema abgeschlossen war und dass sie nichts übel nahm. Ja, sagte Zett, in Struwwelpeter Reloaded, das ist eine Komödie. Sie haben die Karte schon gekauft, forschte sie nach. Ja, sagte Zett, vor einigen Tagen, direkt im Theater am Schalter. Er griff in die Jackentasche, wo er sie vermutete, zog aber den Flyer der christlichen Sekte heraus. Ist das eine Eintrittskarte für Jurassic Park fragte die Dame spöttisch, und im Übrigen, ich heiße Irina. Zett starrte auf die bunte Flugschrift mit den Dinosauriern, die, wie er dort gelesen hatte, eine Fälschung Satans waren, um die Menschheit in die Irre zu führen. Ich dachte, da wäre meine Eintrittskarte, sagte er nicht sehr geistreich, mit einer Mischung aus Schrecken und Verwunderung. Ihre Jacke hat noch mehr Taschen, sagte Irina. Vielleicht ist sie aber auch in der Hose. Sie hatte bemerkt, dass sie einen komischen Vogel vor sich hatte und fand Gefallen daran. Ein komischer Kauz. So sah das von außen aus.

Zett fühlte, dass er etwas von großer Wichtigkeit vorhatte. Dafür ist es erforderlich, dass ich ins Theater gehe und das alleine. Alles muss ablaufen, wie geplant. So ein Durcheinander ist das letzte, was ich jetzt brauchen kann. Nun suchen Sie doch ihre Karte, drängte Irina. Wenn sie sie verloren haben, müssen sie sich beeilen und an der Kasse eine neue kaufen. Das fehlte ihm gerade noch. Er hatte eine

Frau kennengelernt. Das fiel nicht in seine Zuständigkeit. Er war der Mann, der morgens aufstand, der Arbeiten ging und am Abend die ausgeblichene Windjacke auf ihren Bügel hängte. Von daher stellte sich die Frage, warum er ins Theater ging, was er dort wollte und warum ihm das so wichtig war. Als wäre er gefragt worden, antwortete Zett: Es ist wichtig für die Vollständigkeit meiner Person. Und es war harte Arbeit. Zett kam sich vor wie in einem Traum, in dem man wegzulaufen versucht, aber irgendwie, als steckte man in weichem Gummi, nicht von der Stelle kam. Wie lange war er schon an dieser Haltestelle. Mit entschlossenen Schritten ging er zum Fußgängerüberweg, den er zum Theater hin passieren musste. Die Fußgängerampel aber war rot. Ihr Leuchtsignal war nicht klar, es schien wie vernebelt, von den feinen Wassertropfen in der Luft. Eine durch und durch unangenehme Witterung. Autos schoben sich im Stop-and-Go über den nassen Zebrastreifen. Noch bevor es grün wurde, hatte Irina aufgeschlossen. Sie haben gar nicht gefragt, wo ich hin will. Nein, das hatte er nicht. Irina war in dem von ihm geplanten Handlungsablauf nicht vorgesehen. Es war, als würde auf einer Bühne plötzlich eine Person auftauchen, die dort nicht hingehörte. Ein Schauspieler, der sich verirrt hatte, ein Witzbold, ein Verrückter.

Was mache ich jetzt, dachte er. Er konnte nicht entkommen. Zum Theater waren es nur wenige Meter. Er konnte nichts tun, um sie zu hindern, mit ihm mitzulaufen. Vielleicht hätte er etwas tun können, wenn er mehr Erfahrung mit anderen Menschen gehabt hätte. Im Grunde war er ein Einzelgänger und damit auch ganz zufrieden. Er war pünktlich und fleißig und machte seine Arbeit. Tauchten Unregelmäßigkeiten auf, dann glich er sie aus. Der Fuß, mit dem er in einen Nagel getreten sein musste, ohne dass er sich daran erinnern konnte, war so eine Unregelmäßigkeit. Ein heftiger Schmerz, als er an der Fußgängerampel Aufstellung genommen hatte, hatte ihn daran erinnert. Irina, war eine andere Unregelmäßigkeit. Und dass er statt der Theaterkarte die Werbeschrift einer christlichen Sekte in der Tasche hatte, war eine weitere. Das häuft sich ganz schön. Er hatte ein Prinzip beim Bearbeiten der Unregelmäßigkeiten: Eine nach der anderen. Also machte er einen Plan: Im Theater angekommen, musste er sofort feststellen, ob er eine Eintrittskarte bei sich hatte. Dies erforderte eine genaue Untersuchung seiner Jacken- und Hosentaschen. Sollte er keine Karte haben, musste er sich unverzüglich an der Kasse anstellen. Im Besitz eines Tickets sollte ein Blick auf die Uhr Aufschluss geben, ob er noch Zeit genug hätte, eine Toilette aufzusuchen, seinen Schuh auszuziehen und sich Kenntnis zu verschaffen über die Art seiner Verletzung. Danach konnte er entscheiden, wie er sich gegenüber Irina zu verhalten hätte. Alles im Leben beruht auf einem guten Plan sagte er zu sich selbst und auf dem Beseitigen von Unregelmäßigkeiten.

III

Jetzt konnte er handeln: Ich gehe jetzt ins Theater, willst du mit. Ohne sich umzuschauen überquerte er den Zebrastreifen, da die Fußgängerampel nun Grün zeigte und schlängelte sich dabei zwischen Fahrzeugen durch, die halb auf dem Überweg stehengeblieben waren. Von diesem unerwarteten Ausbruch von Entschlossenheit und Männlichkeit überrascht folgte Irina wortlos. Ein kleiner, schwarzer Sportwagen mit geschlossenem Verdeck stand mit der Motorhaube weit in den Fußgängerüberweg hinein. Als Zett passierte, fauchte der Motor. Der Fahrer spielte mit dem Gaspedal. Zett sah kurz in den Wagen. Der Fahrer trug eine Sonnenbrille, trotz Nacht und Nebel. Er machte einen finsteren Eindruck. Das ist einer von denen, die Ärger machen, durchfuhr es Zett. Ärger, nicht in dem Sinn, dass er auf eine Auseinandersetzung aus war. Der Sportwagenfahrer war kein Typ, der sich auf der Straße prügelte. Er war jemand, der unnötige Risiken einging. Risiken, die dazu führten, dass unkalkulierbare Dinge geschahen, die hinterher von anderen in Ordnung gebracht werden müssen. So einer war das. Zett war einer, der dann für Ordnung sorgen musste. Es könnte beispielsweise so sein, dass der Fahrer ein anderes Auto beschädigte, einfach, weil er mit der Sonnenbrille nachts nicht gut sehen konnte. Was für eine Schnapsidee, nachts mit Sonnenbrille zu fahren. Dann würde er einfach den Sportwagen abstellen, irgendwo oder in einer Garage und so tun, als wäre nichts gewesen.

Irina fasste ihn an der Schulter: Hey, das hätten wir geschafft. Zett drehte sich zu ihr um: Diese Typen tun immer so, als wäre nichts gewesen. Welche Typen. Sie verstand ihn nicht.

Der in dem Sportwagen. Sie drehte sich zur Straße hin um. Der kleine Roadster war einige Meter weiter gefahren, so dass man ihn nur noch von hinten sah. Das Geräusch aus der Auspuffanlage unterschied sich deutlich und in einem gewissen Sinn angenehm von dem der anderen Fahrzeuge. Ach, den meinst du. Irina war nicht besonders interessiert. Für Zett war der Vorfall jedoch nicht ohne Bedeutung. Der Sportwagenfahrer war unvermutet und ohne Vorgeschichte aufgetaucht als wäre er gerade, just in diesem Moment, von den schöpferischen Kräften des Universums hervorgebracht worden. Man konnte nie wissen, welche Dinge, welche Phänomene aus der Dunkelheit und Kälte einer nebligen Nacht hervortraten.

Es wäre ein angenehmer Gedanke gewesen, dass die Welt, ähnlich einem Uhrwerk, von einer bestimmten, definierten Ausgangsposition heraus einfach nach dem Prinzip von Ursache und Wirkung einen Ablauf hätte. Kausalität, das würde bedeuten, dass man aus einem bestimmten Status berechnen konnte, was auf ihn folgte und auch rückschließen konnte, was vorher gewesen war. Zett betrachtete es als gesichertes Wissen, dass es so etwas wie eine zeitliche Abfolge gab. Er hatte, beispielsweise, erst an der Haltestelle gestanden, dann den Zettel der christlichen Sekte bekommen, war danach mit der Bahn gefahren und hatte, wiederum danach, an der Haltestelle Irina kennengelernt. Das war als Nacheinander der Dinge überschaubar. Es war sogar insofern eine Kausalität spürbar, als diese Ereignisse zu seinem Plan gehörten, einen Abend im Theater zu verbringen.

Doch es schien, unbekannte Kräfte wollten die geplante Abfolge ins Chaos wenden. Weder der christliche Flyer noch Irina hatten ursprünglich dazu gehört. Zum anderen fiel es Zett schwer, über die zeitlichen Grenzen dieses Zeitraums hinaus zu denken. Es war logisch oder schien zumindest so, dass er auch vorher existiert hatte. Das danach verschwand im Grau verschiedener Möglichkeiten. Plötzlich kam es Zett vor, als wollte das Graue, das Undifferenzierte, das Ungenaue ihn verschlingen und er liefe Gefahr im Nichts zu verschwinden, wie beispielsweise die mondgesichtige Familie aus der Straßenbahn, der Sportwagenfahrer oder der Rüpel, der ihn angerempelt hatte.

Zett setzte einen Fuß vor den anderen. Er konnte das warme Licht aus dem Theaterfoyer sehen. Ich muss da jetzt rein. Klar musst du da rein, sagte Irina. Ich meine, wenn du ins Theater willst. Der Boden vor dem Eingang zum Theater war schwarz und nass, aber rau, so dass sich weder Pfützen noch Reflexionen bildeten. Von daher wandte sich die Aufmerksamkeit von Zett vom Boden ab und er betrachtete den Platz vor dem Eingang zum Theater. Dort befanden sich noch weitere Menschen. Einige von Ihnen strebten deutlich erkennbar dem Theater zu. Am nächsten zu Zett und seiner Begleiterin waren zwei Frauen, mit hoher Wahrscheinlichkeit Mutter und Tochter, dem ersten Eindruck nach aus der mittleren Mittelschicht. Sie geht mit ihrer Tochter ins Theater, dachte Zett. Beide waren unauffällig, aber hochwertig gekleidet. Wann war Zett das erste Mal ins Theater gegangen. Da war er vierzehn, und ging mit seiner Schulklasse. Eine engagierte Lehrerin hatte die achte Klasse der Realschule, in die Zett ging, ins Theater geführt. Für ihn war das neu. Das Stück hieß: Vanessa, die Freundin unbedeutender Männer. Es war eine Komödie. Vanessa, die Hauptrolle, war eine attraktive, stets leicht bekleidete Person, die mehrere Liebesbeziehungen gleichzeitig unterhielt und diese Männer gegeneinander ausspielte. Im Grunde, dachte Zett, ist das ja nicht zum Lachen. Die Lehrerin, eine noch sehr junge, sensible und unerfahrene Person, wollte mit Vanessa der Klasse eine moderne, feministische Frau vorstellen, die sich mit Cleverness die Überlegenheit über die Männer ihrer Umgebung sicherte. Zett, der als Schüler ein etwas finsteres und tiefsinniges Wesen hatte, war nicht überzeugt. Er hielt sich aber mit seinen Zweifeln zurück, um das Verhältnis zu seiner Lehrerin nicht zu belasten. Im Alltag zeigte er sich ihr gegenüber gleichgültig, insgeheim verehrte er sie jedoch. Vor seinem geistigen Auge sah er ihr feines Gesicht, die dünnen roten Haare, den schmalen Oberkörper, die kleinen, festen Brüste.

Zu Irina sagte er: gehen wir da rein und im Übrigen, wenn wir schon du zueinander sagen, ich heiße Zett. Was. Zett. Das ist doch kein richtiger Name. Alle nennen mich so. Von daher ist es mein Name. In meinem Ausweis steht allerdings: Michael Gottlieb Bartholomäus Rorschach. So heiße ich für die Behörden. Du meine Güte. sagte Irina, da kann ich mir Zett leichter merken. Aber wie kam es dazu. Die anderen. Die anderen nannten mich Zett. Zett für: Der Letzte, weil Z der letzte Buchstaben im Alphabet ist. Das war im Sportunterricht. Ich glaube, das war bei einem Vierhundert-Meter-Lauf. Ich wurde Letzter, weil ich einen verstauchten Knöchel hatte und der Sportlehrer deutete auf den Ersten und sagte: das ist A. und dann auf mich: das ist Z. Seit dem bin ich Zett, Zett der Letzte. Zett, der dann kommt, wenn alle anderen schon da waren und alles wieder in Ordnung bring. Zett eben. Zett, sagte Irina, wenn du nicht der letzte im Theater sein willst, dann such Deine Karte. Gott ja. Aber erst drinnen. Zett machte drei Schritte Richtung Eingang. Dann war ihm das Mutter-Tochter Paar aus der Mittelschicht im Weg. Sie hatten es nicht eilig. Zett blieb nichts anderes übrig als ihnen, zusammen mit Irina, dicht aufgeschlossen zu folgen. An der Tür gab es Gedränge. Das Mädchen hielt Zett die Tür, die in beide Richtungen schwingen konnte, auf. Danke, sagte Zett knapp und hielt seinerseits Irina die Tür auf.

IV

Die Luft im Foyer war warm und wirkte verbraucht, die Beleuchtung hatte einen angenehmen Gelb-Ton. Es war leise Musik zu hören und viele gedämpfte Stimmen. In dem Raum mochten vielleicht vierhundert Personen sein. Es gab eine Garderobe, eine Bar, einen Theater-Shop und mehrere Reihen schwarzer Ledersessel. Irina und Zett befanden sich jedoch noch vor der Stelle, an der die Eintrittskarten kontrolliert wurden. Hier waren die Schalter an denen man die Tickets kaufen konnte, die Toiletten und eine Art Bistro. Zett hatte nicht geglaubt, dass der Vorraum des Theater so aufwändig gestaltet sein könnte. Irgendwie hatte er die Vorstellung gehabt, das Theater zu betreten, seine Eintrittskarte vorzuzeigen und sich dann im Zuschauerraum auf einem Sitz niederzulassen. Je genauer man hinschaut, um so komplizierter ist eine Sache. Er war solche Veranstaltungen und Räumlichkeiten nicht gewohnt. Er analysierte seine Umgebung. Es waren mehr Frauen als Männer anwesend, bürgerliches Milieu. Eine Familie hatte einen jungen, afrikanisch aussehenden Mann bei sich. Der Erscheinung nach ein Somalier oder Eritreer. Die Frau oder Mutter oder wie man sie auch immer nennen wollte, redete pausenlos auf den Afrikaner ein. Der schien sehr schüchtern und von Natur aus freundlich. Letzten Endes, dachte Zett für sich, weiß man nie genau, in welcher Beziehung die Menschen zueinander stehen, auch wenn sich auf den ersten Blick eine Erklärung oder ein Denkmodell anbietet.

Unruhe machte sich in Zett breit. Die Vorstellung, ein Gefühl des Ankommens zu empfinden, wenn er aus der nassen kalten Welt des Draußen kommend, das warme, erleuchtete

Foyer erreichte, bewahrheitete sich nicht. Diese Welt war nicht besser, sie war nur anders. Er war die vielen Menschen nicht gewohnt. Eine Frau um die Fünfzig, gut gekleidet, aber mit zerzausten grauen Haaren, rempelte ihn an. Die Karte. sagte Irina, hast Du Deine Eintrittskarte. Pflichtschuldig fasste Zett in seine Hosentaschen. Warum aber, dachte er dabei, schweifen meine Gedanken immer ab. Er stieß auf einen kleinen und einen großen Schlüsselbund in der einen, ein kleines Klappmesser in der anderen Hosentasche. In einer Gesäßtasche hatte er eine große, abgewetzte lederne Brieftasche. Er erinnerte sich, dass er manchmal wichtige Papiere zusammenfaltete und dort in das Fach für Geldscheine steckte. In dem Fach für Geldscheine befand sich keine einzige Banknote, nur eine Quittung eines Discounters. Zett hatte es zur Regel gemacht, dass sich in dem Geldbeutel immer mindestens fünfzig Euro in Scheinen zu befinden hatten. Es kann ja sein, dass man durch die Straßen läuft, vielleicht auch über einen Markt und etwas kaufen will. Nicht überall wird bargeldloses Zahlen akzeptiert. Des Weiteren fand er eine EC-Karte, eine Kreditkarte, den Mitgliedsausweis eines Automobilclubs, die Kundenkarten eines Autohauses, eines Elektronik-Shops und eines Zweirad-Zubehör-Handels, seinen Ausweis und seinen Führerschein, sowie den Fahrzeugschein eines Kleinwagens. Im Kleingeldfach fanden sich etwas mehr als fünf Euro in Münzen.

Die Eintrittskarte, sagte Irina. Wieviel Zeit haben wir noch. fragte Zett. Wann fängt denn das an. Sie sah ihn durchdringend an. Zett fühlte, wie sich in ihren Gedanken die Worte ein komischer Vogel formulierten. Seine Unruhe wuchs. Jetzt ist, wie in jeder unübersichtlichen Situation, Disziplin gefragt. Er suchte in seinen Jackentaschen. Warum habe ich kein Mobiltelefon. Er fand nur den christlichen Prospekt mit den Dinosauriern. Klares Denken. Klares Handeln. Klares Kommunizieren. Es ist gut, wenn man feste Regeln für einen Notfall hat. Ich gehe jetzt an eine Kasse und kaufe zwei - dabei sah er fragend zu Irina - Tickets für Struwwelpeter Reloaded. Irina nickte knapp. Ich kann mich, dachte Zett, mit dieser Frau verständigen. Auch habe ich erkannt, dass sie auf entschlossenes, männliches Verhalten positiv, man kann beinahe sagen, mit einer gewissen Unterordnung reagiert. Das ist einmal mehr ein Beweis, dass ich ein vollständiger Mensch bin. Er stellte sich an einer Kasse an. Vor ihm waren nur zwei Personen. Das könnte schnell gehen. Ein etwas zerzaust wirkender Mittdreißiger und eine ältere Dame. Trotzdem ging es nicht schnell. Die ältere Dame suchte sich umständlich einen Platz aus. Sie konnte den Sitzplan, der auf einem Bildschirm angezeigt wurde, nicht gut erkennen und stellte immer wieder Fragen, wie man von jenem Platz wohl sehen könnte etc. Die Kassiererin, ein unbedarfter Hausfrauentyp, blieb geduldig.

Die Situation ist für mich nicht ganz neu, dachte Zett, da ich schon einmal, mit meiner Schulklasse im Theater war. Aber sie ist insofern neu, als ich ansonsten Ordnung halte, zur Arbeit gehe und darauf achte, dass die Kontrolle in keiner Situation verloren geht. Ich gehe nur ins Theater, weil es mir einerseits zusteht, zum anderen, weil es in einem gewissen Sinn für mich erforderlich ist. Auch jetzt behielt er den Überblick. Er sah auf die Tafeln oberhalb der Kartenschalter: Struwwelpeter Reloaded Neunzehn Uhr Dreißig. Er blickte auf seine Armbanduhr, die er, entgegen der Gewohnheit der meisten Menschen, am rechten Arm trug. Es war kurz nach Sieben. Es war genug Zeit, die Tickets zu kaufen und anschließend die Toilette aufzusuchen, wo er sich Gewissheit über seine Fußverletzung verschaffen wollte. Das ist ja auch so eine Sache, die noch geklärt werden muss, sagte er zu sich selbst. Zunächst einmal müsste er die genauen Fakten feststellen, dann die Vorgänge der letzten Tage rekonstruieren um sich durch logisches Denken der Unfallursache zu nähern. Aber selbst, wenn diese einwandfrei verifiziert werden konnte, war immer noch nicht geklärt, wieso er sich eine dermaßen schmerzhafte Verletzung zuziehen konnte ohne davon etwas bemerkt zu haben oder zumindest, ohne sich daran erinnern zu können. Mehr oder weniger kam nur ein Tritt in ein Brett mit einem rostigen Nagel in Frage. Ein Vorgang, der nicht extrem ungewöhnlich war. Nur, wie konnte die Erinnerung daran verschwinden.

Jetzt war der Mittdreißiger zum Schalter vorgerückt und es stellte sich heraus, dass er und die Kassiererin sich kannten. Sie unterhielten sich lässig, redeten über eine gewisse Melanie, die eine gemeinsame Bekannte zu sein schien und dass diese Melanie in einem Supermarkt arbeitete, obwohl sie ein gutes Abitur und eine kaufmännische Ausbildung hatte. Melanie war allein erziehend und der Kindsvater mit den Alimenten im Rückstand. Die war auch nie ein Kind von Traurigkeit, sagte der Mittdreißiger und die Kassiererin: wie das Leben so spielt. Dann begannen sie in aller Gemütsruhe einen Sitzplatz auszusuchen. Zett wurde unruhig. Irina zupfte an seiner Jacke. So hatte er sich das nicht vorgestellt. Er hatte vorgehabt, sich etwas zu nehmen, von dem er glaubte, dass es ihm zustehen würde. So, wie ein hungriger Bursche auf einem Markt nach einem Apfel griffe, ein Mundraub, geboren aus einer gewissen Not und einer irgendwie gearteten Berechtigung. Doch diese gefühlte Berechtigung entpuppte sich nun als harte Arbeit. Schon die

Fahrt mit der Straßenbahn, die Erlebnisse auf dem Bahnsteig und schließlich das Überqueren des Zebrastreifens.

Er war es gewohnt, sich Dinge zu erarbeiten, ausdauernd und gewissenhaft. Doch halfen ihm dabei Routinen und Gewohnheiten. Es war der Alltag, der ihm Sicherheit gab. Hier war er außerhalb seiner Welt. Ihm wurde leicht schwindlig und er suchte nach einer Gelegenheit sich fest zu halten. Er zitterte ein wenig und auf seiner Stirn bildeten sich Schweißperlen. Vor ihm kam der Mittdreißiger jedoch zum Abschluss und bezahlte in bar. Er verabschiedete sich und ging mit wiegenden Schritten vom Schalter weg. Es würde mich nicht wundern, dachte Zett, wenn er homosexuell wäre. Er trat einen Schritt vor und stützte sich am Schalter ab. Zwei Karten für Struwwelpeter Reloaded, sagte er, zwei nebeneinander liegende Plätze bitte. Nebeneinander liegend. Die Frau hinter dem Schalter betonte die Worte, als hätte er einen sehr ungewöhnlichen oder sogar unanständigen Wunsch geäußert. Also nebeneinander liegend. Stumpfsinnig starrte sie auf den Sitzplan. Da wäre etwas in der ersten Reihe. Nein, sagte Zett, erste Reihe, das ist doch bestimmt grauenhaft. Und sie dann beinahe beleidigt: Es gibt auch noch zwei Plätze am Rand, in der Mitte, aber die sind mit Sichtbehinderung. Und als Zett nicht antwortete: und noch mehrere in der letzten Reihe, da können sie sich was aussuchen. Da ist auch mehr Beinfreiheit. Zett drehte sich zu Irina um: In der letzten Reihe hat man mehr Beinfreiheit.

Meinetwegen, sagte Irina. Im Tonfall glaubte Zett zwei widersprüchliche Empfindungen zu bemerken. Zum einen ergab sie sich in seine Führerschaft. Es war zu fühlen, dass sie ihm die Initiative und die Kontrolle über die weiteren Vorgänge zustand, andererseits war eine gewisse Unzufriedenheit nicht zu überhören. Es wurde mehr von Zett erwartet. Er war der Heroe, der mit der Straßenbahn gefahren war, der in der Kälte und Nässe des Bahnsteigs bestanden hatte, eine Frau für sich gewonnen hatte, wenn auch unter ein wenig lächerlichen Umständen, der einen Zebrastreifen überquert und furchtlos das Foyer des Theaters betreten hatte. Dabei war noch zu beachten, dass er eine mehr oder weniger ernsthafte Verletzung an einem seiner Füße hatte, deren Herkunft nicht geklärt war. Und nun präsentierte er die Tickets für die billigsten Plätze. Wir nehmen zwei Plätze in der Mitte sagte Zett zu der Frau hinter dem Schalter. Und ich zahle mit Karte. Das können sie erst ab zwanzig Euro antwortete die. Die beiden Karten kosten zusammen aber nur achtzehn. Dann berechnen sie doch einfach zwanzig. Wenn ich das machen würde. wäre es wohl das letzte, was ich machen würde in diesem Beruf. Das hier ist öffentlicher Dienst und beim Theater sind wir sehr genau. Zett drehte sich nach Irina um. Irina reichte einen Zwanziger an ihm vorbei. Und zwei zurück. Gerade noch mal gut gegangen.

Ich muss zur Toilette, bleib hier, wir treffen uns. Die überlegene Position, die er durch die ihm eigene männliche Entschlossenheit erreicht hatte, war vorläufig verloren. Ich muss mir etwas einfallen lassen, dachte Zett, wenn ich die Kontrolle zurückgewinnen will. Der Grund hierfür war einfach, dass es seine Aufgabe war, Kontrolle auszuüben. Niemand kann sagen, sagte er zu sich selbst, dass das meinen Neigungen entspricht. Es wäre viel zu kompliziert, andere Menschen zu kontrollieren als dass das in irgendeiner Weise befriedigend sein könnte. Es ging einfach darum, ein weiter um sich greifendes Chaos zu verhindern.

Er folgte der Beschilderung. Die Toilette für Männer war am Ende eines langen Flures in dem sich Schließfächer befanden und Bistrotische mit Werbematerial aufgestellt waren. In dem

Flur hielten sich überraschend viele Menschen auf, meist ältere Männer. Ein Ehepaar verstaute eine Tasche in einem der Schließfächer. Um einen Bistrotisch herum standen vier Männer, in die Jahre gekommen, gut gekleidet, gefühlt altmodisch und autoritär, wie die alten Herren einer Burschenschaft. Zett verabscheute diese Typen. Es ist eigenartig, wie stark ich auf sie reagiere. Es ist ja sonst nicht meine Art und insbesondere nicht meine Aufgabe, hier eine Auseinandersetzung zu suchen. Das war befremdlich, denn es war offensichtlich, dass er mit den Vieren nichts zu tun hatte und dass von ihnen keinerlei Gefahr drohte. Sie nahmen ihn noch nicht einmal zur Kenntnis. Eine reale Gefahr hätte er abwehren können. Es lag in seiner Natur, Gefahren und sonstige Ursachen für Chaos zu identifizieren. Hier aber kam die Gefahr aus ihm selbst heraus, aus seinem Inneren. Aus unbekanntem Grund schienen die Burschenschaftler herausfordernd und er merkte dass es so etwas wie einen Sog gab, der ihn von der Ablehnung in eine Auseinandersetzung lockte.

Solche Typen sind der Grund, warum ein Mensch wie ich sich vergisst, seine Vorsätze vergisst und plötzlich zum Anarchisten wird. Das kann in jedem Augenblick geschehen, der Anlass kann klein sein. Es war, als würde er die Welt für einen kurzen Moment mit anderen Augen betrachten. Als wäre er ein Rebell, ein Kämpfer, ein Revolutionär, der es diesen alten Säcken zeigen würde. Sie gingen hier ins Theater als wäre nichts. Dabei waren sie die Ursache des Übels. Dünkelhafte Akademiker, reaktionär und niederträchtig. Keinem, der anständig war, gaben sie eine Chance. Ja, sie machten sich sogar lustig über die Anständigen. Und irgendwo hatten sie ihre Häuser, in denen Hirschgeweihe an den Wänden hingen, Nazi-Dolche in den Schubladen lagen, gut geölte Luger-Pistolen griffbereit.

Das aber, sagte Zett, kann man nicht genau sagen. Es ist eine der Möglichkeiten, die man sich vorstellen kann, wenn man das überhaupt will. Was wir hier sehen, und nun sprach er wie zu einer Art innerem Anarchisten, sind vier alte Männer. Sie sind gut gekleidet und selbstsicher. Man kann es nicht ausschließen, dass sie Akademiker und vielleicht sogar Alte Herren einer Burschenschaft sind, aber es gibt keinerlei Hinweis auf eine, wie auch immer geartete Verfehlung von ihrer Seite und keinerlei Anlass, etwas gegen sie zu unternehmen. Zett drückte sich an ihnen vorbei. Sie beachteten ihn nicht. Das war knapp. Er war auf ungewohntem Terrain. Eine alte Dame führte einen noch älteren Herrn. Sie waren auf dem Weg zur Toilette. Zett erkannte das Dilemma: Er hätte sich vorbeidrücken können um das Ziel als erster zu erreichen, aber das wäre grob und unhöflich gewesen und peinlich obendrein. Blieb er aber hinter den beiden, würde er die Toilettentür zu spät erreichen, warten müssen und hätte dann nur noch sehr wenig Zeit, seinen Fuß zu untersuchen, wenn das überhaupt in der Enge einer Toilettenkabine ginge. Im Grunde bliebe ihm nur umzukehren um pünktlich zum Beginn von Struwwelpeter Reloaded zu kommen. Eine Verspätung wäre gegen Irina undankbar gewesen und hätte ihn in ihrer Achtung weiter sinken lassen zumal sie schon die Karten bezahlt hatte. Zett hätte nie gedacht, dass ein Theaterbesuch so schwierig sein konnte. Hier warteten ungeheure Herausforderungen, wo er sich doch alles ganz einfach vorgestellt hatte. Eine Karte kaufen, mit der Bahn ins Theater fahren, die Karte vorzeigen und auf einem bequemen Sessel Platz nehmen.

Aber wieso hatte er eigentlich geglaubt, er hätte schon eine Karte. In Wirklichkeit war die Karte der Prospekt einer christlichen Sekte gewesen, der die Dinosaurier als Erfindungen des Teufels entlarvte. Hatte die Karte sich in den Prospekt verwandelt, oder hatte er geglaubt, der Prospekt sei eine Theaterkarte. Über solche Dinge, sagte Zett, darf man nicht zu viel nachdenken. Es gibt die Dinge, über die man nachdenken kann und muss, und dann eben jene, wo das Nachdenken gefährlich ist.

Ich komme noch in Teufels Küche. Abrupt drehte er sich um. Die Zeit reichte nicht mehr, seine Fußverletzung zu untersuchen. Das kann ich doch genauso gut später am Abend bei mir zuhause machen oder morgen. Es wird ja wohl nichts Ernsthaftes passieren. Allerdings hatte er schon schlimme Geschichten von so genannten Blutvergiftungen gehört. Der Tritt in einen rostigen Nagel war hier der Klassiker. Seine Mutter hatte ihm einmal von einem Mann erzählt, der nach einer solchen Blutvergiftung nach zwölf Stunden starb. Das ist Unsinn. Das sind solche Geschichten, die Mütter ihren Kindern erzählen, damit sie nicht leichtsinnig werden. Zett drehte sich um. Er sah, dass der Korridor, der die Toiletten mit dem Foyer verband, noch voller geworden war. Ihm war, als müsste er ersticken. Er hatte die Lage dramatisch unterschätzt. Alles drang auf ihn ein, seine Furcht, kein vollständiger Mensch zu sein, die Stickigkeit und Wärme der Luft, Gesprächsfetzen von Menschen, die er nicht kannte, Lachen, das Gefühl, ganz und gar außerhalb jeden Bereiches zu sein, der ihm so etwas wie Sicherheit gewährte. Er hatte alle Grenzen überschritten. Und dann war da noch Irina, aufgetaucht aus dem Nirgendwo und sie wartete mit zwei Eintrittskarten in der Hand. Eintrittskarten, die noch dazu die billigsten waren, die man hier bekommen konnte und die sie selbst bezahlt hatte, weil sein Geld, die fünfzig Euro, die er immer bei sich zu haben pflegte, auf unerklärliche Weise verschwunden waren. Vor ihm diese Menschen, an denen er vorbei musste, darunter die Burschenschaftler. Dieses Chaos ließ sich nicht mehr mit seinen eingeübten Arbeitsprozessen bewältigen, ja, es ließ sich noch nicht einmal vollständig geistig erfassen. Die Welt zeigte ihr hässliches Gesicht.

V

Abgründe öffneten sich. Das war Anarchie. Es war verkehrt, diesem Ausbruch an Wahnsinn und Unordnung mit dem Versuch, Ordnung zu schaffen, zu begegnen. Vor Zetts Augen entstand das Bild einer Erinnerung: An einem stürmischen aber trockenen Herbsttag war das letzte Laub von den Bäumen einer Straße geweht worden. Der Wind blies die trockenen Blätter durch die Straße, aber ein alter Mann mit einem Besen versuchte das Laub zusammenzukehren. Das war der berühmte Kampf gegen Windmühlenflügel. Es war völlig unmöglich. Alles, was der Mann mit seinem Besen vor sich her schob, wurde sofort in alle möglichen Richtungen geblasen. Dem Chaos der Natur und des menschlichen Lebens kann man aber nur mit noch größerem Chaos begegnen. Gewalt braucht Gegengewalt. Die selbstzufriedenen Burschenschaftler, beispielsweise, hätten schon längst von ihrem Tisch vertrieben werden müssen. Ich hasse sie. Zett schubste eine Frau, die ihm im Weg stand unsanft zur Seite. Er sah jetzt diese Typen aus schmäler werdenden Augen an. Sein ganzes Leben lang hatte er schon gegen solche Typen gekämpft. Jetzt waren sie hier im Theater, als wäre es das Selbstverständlichste der Welt. Der Körper von Zett zitterte, in einer Mischung aus Angst und Wut. Es ist nicht leicht, wenn man der Sohn eines Arbeiters und einer Verkäuferin ist. Er war ein guter Schüler gewesen, aber die Klassenkameraden mit Herkunft blieben unter sich. Selten wurde er eingeladen. Ohne eigenes Verschulden war er ein Außenseiter, wenn auch, auf Grund seines finsteren Wesens, respektiert. Gelegentlich tat er sich mit anderen Außenseitern zusammen, sie brachen in Kleingärten ein, zündeten irgendetwas an, aber ihre Rebellion blieb ziellos, bis er die so genannten Politischen kennenlernte.

Eine Studentin verteilte mit ihrer Gruppe vor seiner Schule Flugblätter, nahm ihn zu Versammlungen mit und erklärte ihm den Unterschied zwischen Marxismus und Leninismus. Die Idee des Kommunismus begeisterte ihn zunächst, aber recht schnell fühlte er sich mehr zur Anarchie hingezogen, die, wie er es empfand, seinem wahren inneren Wesen entsprach. Trotz dieser Entfremdung auf politischer Ebene zog er, noch minderjährig, zu ihr in ihre Wohngemeinschaft, eine Altbauwohnung, die sie mit zwei Männern teilte. Während sie sich in stalinistischer Ordnungsliebe der Revolution widmete, versank er in den Tiefen des praktizierten Anarchismus. Und irgendwann war Zett auf sich alleine gestellt. Aber war das überhaupt Zett. Ich habe nie in einer Wohngemeinschaft gewohnt, sagte Zett. Wann soll denn das gewesen sein. Und in meinem ganzen Leben habe ich nie eine Studentin aus einem höheren Semester kennengelernt. Sicher, einmal hatte es einen Vorfall gegeben. Zett war von der Polizei nach hause gebracht worden, wegen einer Sache, über die man besser nicht nachdenkt und es hatte ihn einige Mühe gekostet, das zu vertuschen und einen Strafbefehl zu bezahlen, ohne dass sein Vater das merkte. Und das war ja schließlich seine Aufgabe: Ordnung zu schaffen, wenn wieder einmal irgendetwas passiert war.

Jetzt war das nicht so leicht. Hier im Theater kannte er sich nicht aus. Davon abgesehen reagierte er mit seinem Ordnung schaffen immer nur auf Vorgänge, die bereits passiert waren, bzw. deren Folgen. Hier aber musste er seine Handlungen vorausschauend selbst gestalten. Ich setze einen Fuß vor den anderen, was sich zwar einerseits leicht anhört, aber andererseits auch nicht ganz selbstverständlich ist. Im

Grunde aber entsprach es seinen Erwartungen, dass er im Theater nicht alleine sein würde. Es wäre ja schon recht merkwürdig, wenn ich der einzige Zuschauer wäre. Er drängte sich an anderen Personen, die sich in dem Gang aufhielten vorbei. Und warum sollte er das auch nicht tun. Irina wartete auf ihn. Wichtig war es, nun die Kontrolle zu behalten. Der Gedanke, alles und alle Umstände jederzeit kontrollieren zu können, war jedoch falsch. Die Welt ist ja kein Uhrwerk, das abläuft und das man von daher von seinen inneren Prozessen gesehen, verstehen konnte. Vielmehr verhielt es sich so, dass er eher war, wie der Kapitän eines Schiffes, der sehr wohl die Befehlsgewalt hatte, aber keinen Einfluss auf Wind und Wellen. Und genau so muss man das sehen, sagte Zett. Niemand weiß, wohin die Dinge gehen, die unter die Oberfläche eines Gewässers verschwinden und niemand weiß, was im nächsten Moment daraus aufsteigt. Sein Körper vibrierte. Er war ein Kämpfer. Er dachte an Bakunin und dessen wildes Leben, seine Beteiligung an Aufständen und Revolten, seine Beziehung zu Marx, die Verbannung nach Sibirien und die spektakuläre Flucht nach Japan. Er hatte Schriften von Bakunin aus der Leihbücherei geholt, sie aber zugegebenermaßen nie gelesen und dann auch noch zu spät abgegeben. Das war aber schon länger her und daher in einem gewissen Sinn gleichgültig. Die Anarchie forderte den handelnden Menschen, nicht den müßigen Leser.

Er musste innerlich lachen als er dachte, dass auch der müßige Theaterbesucher nicht gerade das war, was die anarchistische Gesinnung forderte. Aber was war das eigentlich. Irgendwie bin ich hier her gekommen. Ich meine, was heißt schon irgendwie, wohl mit der Straßenbahn. Und jetzt bin ich eben hier. Die bürgerliche Gesellschaft. Er sah sie an, mit einer Mischung aus Interesse und Abscheu. Was für Leute. Die Krönung waren natürlich die alten Herren der Burschenschaft. Sie waren der Inbegriff der Autorität. Selbstgerecht und widerwärtig. Haben sie gedient. Haben sie Abitur. Bellende Stimmen. Preußisches Junkertum. Wie aus Versehen streifte er im Vorübergehen einen von ihnen. Kräftig genug, dass er Absicht dahinter vermuten konnte, aber nicht so fest, dass es sicher war. Der Alte Herr schaute empört. Mit einem Lächeln um die Lippen zog er weiter. Er, Michael Rorschach. Im Foyer fasste er in seine Jackentasche. Die Karte. Wo gehe ich eigentlich hin. Für einen Moment war unklar, was er hier wollte. Welche Vorstellung. Wann. Und wo zum Teufel war die Eintrittskarte. Zett. Wie. Diese Frau. Zett sagte Irina, wo bleibst du denn, die Vorstellung fängt gleich an. Michael oder Mike, wenns beliebt. Zett ist oder besser gesagt war mein Loser-Name. In der Schule. Einmal passt du nicht auf. Kinder sind grausam. Besonders die aus den besseren Kreisen, du verstehst. Einmal habe ich Schwäche gezeigt. Ich hab bei den Bundesjugendspielen mitgemacht, obwohl ich einen verstauchten Knöchel hatte. Da war ich dann Zett der Letzte. Zett der Loser.

Du hast die Karten. Er sah, dass sie zwei Karten in der Hand hatte und vermutete, dass eine davon für sie und eine für ihn war. Kapitalistin, hast du die bezahlt. Normalerweise hab ich immer fünfzig Euro dabei. So eine Angewohnheit, aber vor dem Haus bin ich einem begegnet, dem hab ich noch was geschuldet. Du weißt ja, wie das manchmal geht. Da waren sie weg. Zett, hast du was getrunken. Wie. Wo. Auf dem Klo. Nee, und lass mal, nenn mich nur Mike. Michael Rorschach fühlte sich von seinem alten Namen unangenehm berührt. Niemand nannte ihn Zett. Zu ehemaligen Schulkameraden hatte er keinen Kontakt mehr. Kaum jemand wusste, dass er mal so genannt worden war. Hier war er unvorsichtig gewesen. Im Grunde war es eine Kleinigkeit. Aber irgendwie auch wieder nicht. Zett war jemand anders. So war er als älterer Schüler gewesen, bis er politisch wurde. Der gute alte Zett. Wie er zur Schule ging. Wie er seine Hausaufgaben machte. Und wie er seine Lehrerin, Frau Findeklee verehrte, sorgsam darauf bedacht, dass ihm niemand auf die Schliche kam. Eine kommunistische Schüler- und Studentengruppe verteilte Flugblätter. Zett war in seinem letzten Schuljahr und fast sechzehn. Er nahm eine der schlechten Fotokopien auf denen irgendwie von Marx und der Revolution die Rede war und sah Marie in die Augen. Da kann ich mich heute noch dran erinnern, wie die mich angesehen hat, sagte Mike. Sowas vergisst man ja nicht.

Aber dann war da noch seine Familie: Sein Vater glaubte tatsächlich er würde einmal in einer Fabrik drei Schichten arbeiten. Er malte ihm die Welt der Fabrikarbeiter aus, als das höchste, was er erreichen konnte, als Bestimmung und Vollendung des Lebens: Schichtzulage. Bezahlte Pausen im Dreischichtsystem. Mitgliedschaft in der Gewerkschaft. Der Erste Mai: Er ging mit seinem Vater auf die Kundgebung. Feiste Sozialdemokraten hielten Ansprachen. Die Arbeiter kannten sich gegenseitig und begrüßten sich.

Ich kann Dich da reinbringen hatte sein Vater gesagt. Er meinte es ernst. Ein ruhiger, ungebildeter, humorloser Mann. Im Grunde von freundlichem Wesen, aber ohne jeden Ehrgeiz, ohne Mut und ohne Fantasie. Er arbeitete an einer so genannten Transferstraße, einer Aneinanderreihung von Werkzeugmaschinen von denen die eine das bearbeitete Werkstück automatisch an die nächste zur Weiterbearbeitung übergab. Irgendwo wurden die Rohlinge bereitgestellt und irgendwo die bearbeiteten Werkstücke zum Abtransport in

Gitterboxen gesammelt. Wo bleibt der Stapler mit den Rohlingen? Die Gitterbox ist fast voll. Auf Station sechs ist der Bohrer abgebrochen. Nothalt ist ausgelöst. Das war die Welt von Mikes Vater. Und der wünschte sich seinen Sohn in seinen Fußstapfen.

Seine Mutter dagegen hielt ihn für Höheres bestimmt. Du hast das Zeug zu einer kaufmännischen Ausbildung. Immer wieder war so etwas wie Verachtung für seinen Vater spürbar, der nur ein einfacher Arbeiter war, der Jahr für Jahr dieselbe Maschine bediente und es trotz langer Betriebszugehörigkeit noch nicht einmal geschafft hatte, Vorarbeiter zu werden. Seine Mutter hielt ihn für fähig, die Kunst des Dreisatzes und der Prozentrechnung zu erlernen und erfolgreich eine Handelsschule zu besuchen. Danke für das Vertrauen und die Ermutigung sagte Mike.

Er sah Irina an. Sie war ja irgendwie nicht übel. Vielleicht nicht vergleichbar mit Marie, aber diese Geschichte war auch schon lange her und die Zeit seit dem gewissermaßen nicht in Jahren zu messen. Keiner weiß, wie lange das her ist, sagte Mike. Da ist schon jede Menge Wasser den Rhein runter geflossen oder meinetwegen auch die Wolga.

Mike war ein Nachtmensch. Abends zog er sich seine alte, verblichene Windjacke an und streifte umher. Er gehörte keiner Partei an. Ein Anarchist, ein Lone Gunman. Sein Leben war unregelmäßig. Manchmal hatte er Geld, manchmal nicht. Es gab merkwürdige Menschen und merkwürdige Situationen. Das hier war nicht die schlechteste. Er hätte gerne noch ein Bier getrunken, vor der Vorstellung und er dachte, wenn die Tussi die Karten bezahlt hat, hat sie sicher noch Geld mir was zu spendieren. Sie war etwa in seinem Alter. Blond gefärbt.

Wenn wir uns beeilen, können wir aber noch was trinken. Sie stellten sich an der Bar im Foyer an, nachdem sie die Einlasskontrolle passiert und ihre Tickets vorgezeigt hatten. Vor ihnen Studenten, ein junges Paar, er im schwarzen Anzug, sie im Abendkleid. Hinter ihnen stellte sich ein rotgesichtiger älterer Mann an, schwer atmend, im grauen Anzug. Die Selbstsicherheit Mikes bekam einen Stich. Diese alte Jacke. Nie konnte er sich von ihr trennen. Er glaubte, sie sogar einmal in eine Mülltonne geworfen zu haben, aber auf geheimnisvolle Weise hatte er sie am nächsten Abend wieder an. Als wäre sein Leben ein Theaterspiel, als beträte er Abend für Abend die gleiche Bühne und würde das gleiche Stück spielen. Und immer mit der gleichen Jacke. Die verblichene Mikrofaserjacke war ungefähr fünfundzwanzig Jahre alt. Seine Mutter hatte sie ihm gekauft. Es war eine der ersten Mikrofaserjacken überhaupt, die es zu kaufen gab. Damals war sie teuer, das Material noch unbekannt. Sein Vater hatte das missbilligt.

Er missbilligte auch das eigenbrötlerische Wesen seines Sohnes und dessen politisches Engagement. Er hatte Marie kennengelernt und sich ihr auf unangenehme Weise unterlegen gefühlt. Zuhause war er der Herr. Auch wenn sein Vater ein sanftmütiger Mensch war, ruhig und zurückhaltend, war doch im Kreis der Kleinfamilie unbestritten, dass er als Autorität galt und in Streitfragen das letzte Wort hatte. Und dann Marie, die bürgerliche Marie. Gut aussehend, gut gekleidet, Umgangsformen. Aber da war ein harter Kern drunter, sagte Mike.

Sein Vater dagegen: ein Mann ohne Eigenschaften, der den ganzen Tag eine Maschine bediente und Konflikten aus dem Weg ging. Und was das Schlimmste war, der seine Lebensform für das Höchste hielt, was ein Mensch erreichen konnte, denn es gab ja Schichtzulage. Er sah sich selbst als End- und Höhepunkt der menschlichen Evolution, sagte Mike. Man muss sich das mal vorstellen. Marie bemerkte spöttisch, dass sein Vater nicht gerade der Richtige sei, für die proletarische Revolution. Das hat nicht harmoniert, sagte Mike. Als er siebzehn war zog er dann in die WG.

Das elegante Paar vor ihnen an der Bar hatte Wein bestellt. Wir nehmen Bier, sagte Mike zu Irina, das ist proletarischer. Sie bezahlte. An einem Bistrotisch trank er die Flasche in einem Zug aus. Irina sah ihn prüfend an: verlierst Du immer so viel? Wie. Was. Die Theaterkarte. Du hast deine Theaterkarte verloren. Äh ja, richtig. Mike war sich jetzt aber nicht mehr sicher, ob er eine Karte für die Vorstellung gekauft hatte. Auch war es ihm nicht ganz klar, wann er den Beschluss gefasst hatte ins Theater zu gehen. Es wäre für ihn aber zu bürgerlich gewesen, diese Unstimmigkeiten weiter zu verfolgen oder gar zu versuchen, sie aufzuklären. Kausalität ist ein Produkt bürgerlichen Denkens. Auch die Wissenschaften sind nicht wertfrei. Man muss die bürgerliche Wissenschaft kritisieren, nicht anwenden. Der bürgerliche Wissenschaftler erklärt die Welt, der Revolutionär verändert sie. Von der Mathematik bis zur Schädelvermessung: sie stehen allesamt im Dienst des Imperialismus. Dem gegenüber steht die auf revolutionären Wahrheiten beruhende Wissenschaft von Marx, Engels, Lenin und Mao Tse Tung.

Stalin, hätte Marie gesagt. Es heißt Marx, Engels, Lenin, Stalin und Mao Tse Tung. An der Stalinfrage schieden sich die Geister. Hier hatte die ideologische Gemeinsamkeit mit Marie ihre Grenzen gehabt. Sie verehrte Stalin und hielt es für richtig, wie in der Frühzeit der Sowjetunion gegen Anarchisten und ähnliche so genannte politisch unreife

Elemente vorgegangen wurde. Das war für sie nicht nur ein notwendiges Übel. Und sie hat Pol Pot verehrt, sagte Mike.

Er ging dann mehr und mehr eigene Wege. Die Kulturrevolution war nicht sein Ding. Aber er glaubte auch nicht, dass unter dem Straßenpflaster gleich der Strand liegt. Sponti-Sprüche. Die hatten doch alle reiche Eltern. Die haben auf Revolution gemacht und zum Schluss doch einen guten Posten bekommen. Beziehungen eben. Er schlug sich so durch. Klar, er kannte Leute, aber das war keine politische Scene mehr, das waren Überreste. Anekdoten von gescheiterten Existenzen. Kann halt mal vorkommen, sagte er zu Irina, dass man was verliert.

Was für ein Mensch war sie. Bist Du Russin, fragte er. Ja sagte sie. Ich bin in Semipalatinsk geboren, das gehörte damals noch zur Sowjetunion. Ich bin aber noch als Kind nach Moskau gezogen. Mike hatte keine richtige Vorstellung vom Leben in Russland. Überhaupt war er nur wenig gereist. Er war irgendwann einmal mit seinen Eltern in Österreich gewesen, hatte aber, nachdem er früh von zuhause ausgezogen war, selten Geld gehabt. Ich war mal in Amsterdam sagte er zu Irina, drei oder vier Tage, mit irgendwelchen Freaks, wir haben was geraucht. Hm, machte sie.

Sie war nicht sonderlich beeindruckt. Dann kam es ihm vor, als sähe er Irina wie durch eine milchige Glasscheibe. Es ist immer etwas da, was mich von anderen Menschen trennt. Für einen Moment war die Vorstellung aufgeblitzt, er und Irina könnten so etwas sein, wie ein revolutionäres Paar, eine Art Bonnie und Clyde mit politischem Anspruch. Dafür wäre aber ein irgendwie geartetes Gemeinschaftsgefühl notwendig gewesen. Das Gemeinschaftsgefühl hätte natürlich durch gemeinsame Aktionen entstehen können aber das war dann so etwas wie: was war zuerst da. Die Henne oder das Ei. Das ist dann auch der Grund, warum es keine Revolution gibt. Nicht, weil die Leute es sich nicht trauen würden oder zu dumm dafür sind. Das sind solche Dinge. Henne oder Ei. Probleme, die man einfach nicht lösen kann. Wie die Stalin-Frage. Dinge über die man besser nicht zu viel nachdachte. Handeln ohne zu denken ist sowieso besser als denken ohne zu handeln.

Er sah sich um. Die Umgebung war feindselig. Das waren Bürger und sie würden ihre Welt verteidigen. Er war ein Eindringling und an seiner schwarzen Mikrofaser-Jacke zu erkennen. Eine unangenehme Situation. Sie wussten, dass er nicht zu ihnen gehört. Natürlich ließen sie sich nichts anmerken. Eine unangenehme Situation, aber auch etwas, das zu erwarten gewesen war. Bis zu einem gewissen Grad beruhigte es ihn, hier die vertraute Struktur wiederzufinden: Er selbst gegen alle anderen. Das war das, was von seiner persönlichen Revolution übrig geblieben war. Ein Revolutionär hat einen Anspruch. Er will eine bessere Welt, die Arbeiterklasse befreien, die Ausbeutung des Menschen durch den Menschen beenden oder ähnliches. Dafür war es jedoch erforderlich, ein Subjekt der Revolution zu gewinnen. Es war nicht ersichtlich, dass die Arbeiterklasse in Deutschland auch nur ansatzweise daran dachte, einen Aufstand zu machen und ihre natürlichen Rechte einzufordern. Als Subjekt der Revolution hatte sie versagt. Als einzelne Person und insbesondere sein Vater.

Er war ein Loser, sagte Mike, man muss sich das mal vorstellen: ist jeden Tag arbeiten gegangen. Damit hat er seine Pflicht erfüllt: gegenüber seiner Familie, dem Vaterland und dem gesamten Universum. Amen. Er ging einen Schritt vom Bistrotisch weg. Scheiße, dachte er, wie der Fuß noch schmerzt. Vor drei Tagen war er nachts in eine Lagerhalle des Güterbahnhofs eingebrochen und prompt in ein Brett mit einem Nagel getreten. Der Nagel hatte die Sohle des leichten Sportschuhs durchdrungen und wäre fast an der Oberseite des Fußes wieder herausgekommen. Vor Schmerz und Entsetzen hatte er sich auf den Boden fallen lassen. Zum Glück war er allein. Niemand bemerkte den Einbruch und als der Schmerz ein wenig nachließ, konnte er sich unerkannt zurückziehen. Die Aktion war planlos gewesen. Er hatte nicht wirklich eine Vorstellung davon, was er hier finden würde. Vielleicht eine Palette mit Computerzubehör oder eine Geldkassette. Vielleicht hätte er auch Feuer gelegt. Er hatte schon das Zeug dazu es denen zu zeigen.

Irina ging ebenfalls einen Schritt vom Bistrotisch weg. Sie hatte ihr Bier nur halb getrunken. Sie sah Mike an, dass er kurz daran dachte, einen Schritt zurück zu gehen und das halbe Bier zu trinken. Mike sah Irina an, dass sie das dachte. Und weiterhin: Er hat wohl ein Alkoholproblem. Das muss genau mir passieren. Für einen kurzen Augenblick dachte er: welche Männer sie wohl in Russland gehabt hat. Aber es war nicht sein Ding die Welt aus der Perspektive eines anderen Menschen zu sehen. Zu lange streifte er schon alleine herum. Und dennoch dachte er: wie da wohl der Sex ist. Mit all den breitschultrigen Typen und den aufgebrezelten Nataschas. Da ging es sicher direkt und heftig zur Sache. Irina hatte vielleicht ihre besten Tage hinter sich und bestimmt hatte sie schon einiges mitgemacht. Diese Vorstellung konkretisierte sich aber nicht und unterschwellig fand er es auf einmal unangenehm und irgendwie beängstigend, dass sie vielleicht eine irgendwie geartete sexuelle Handlung von ihm erwarten konnte.

Das ist nicht mein Ding, sagte Mike, nicht, dass ich schwul wäre oder so. Ich hatte auch nach Marie Freundinnen aber irgendwann hat sich das gegeben. Ich bin ein Rebell, das ist für Frauen nicht so attraktiv wie beispielsweise Zahnarzt.

VI

Ein Gong ertönte. Das war das Signal, dass die Zuschauer ihre Plätze einnehmen sollten. Mike, ganz Revolutionär im Hier und Jetzt sagte: Lass uns da rein gehen. Aye Aye, John Wayne. Sie liefen den leicht ansteigenden Flur vom Foyer zum Zuschauerraum der Schauspiel-Bühne hinauf. Der Flur hatte einen geschmacklosen Teppichboden in braun und orange, auf eine merkwürdig altmodische Art Pop-Art-mäßig. Wie schnell die Dinge veralten. Mit Pop Art habe ich mich nie anfreunden können, sagte Mike. Kunst war nie mein Thema. Ich weiß nicht wieso. Ich hatte es einfach nicht im Fokus. In einer Arbeiterfamilie ist das auch nicht so ein Ding. Sein Vater hatte einmal Andy Warhol als Verrückten bezeichnet. Dabei war doch klar, sagte Mike, wer der Verrückte war: der Alte, der Maschinenbediener mit seinem Leben nach Schichtplan. In seiner Vorstellung hatte sein Vater immer das gleiche Aussehen und das gleiche Alter. Ein hagerer, dunkelhaariger Mann, ärmlich und unmodern, aber sauber gekleidet. Er war einer der Typen, die mit dreißig genauso aussehen, wie mit fünfzig. Er war immer derselbe. Wie eine Figur in einem Comic. Sein Vater war ein Bild in seiner Vorstellung. Aber er war auch einmal eine reale Person gewesen. Das muss so gewesen sein, sagte Mike. Er hatte ihn schon ewig nicht mehr gesehen. Wann war der Kontakt zu seinen Eltern verloren gegangen. Das müsste ich doch wissen. Auf der einen Seite schienen sein Vater und seine Mutter noch irgendwo zu existieren. Wenig präzise erschien das Bild der Arbeiterwohnung. Andererseits war es aber auch eine Vergangenheit, die schon längst abgeschlossen war. Er war jetzt wie ein Schauspieler, auf dem Weg zur Bühne, aber er wusste nicht, welches Stück gespielt wurde. Zwei

Welten. Mike schnappte nach Luft. Hier hatte er innere und äußere Feinde. Man muss wachsam sein, in so einer Situation. Die Welt, die Gesellschaft war böse. Und sie hatte irgendwann die Oberhand gewonnen. Die, die sie einst bekämpft hatten, waren untergegangen, oder sie hatten die Seite gewechselt und waren jetzt erfolgreich in den Institutionen angekommen. Übrig geblieben waren Einzelne. Kreaturen der Nacht. Sie leisteten noch Widerstand, aber der Feind war überall und mächtig. Kein Wunder, sagte Mike, da kann einer schon verrückt werden, wenn er nachts einsam durch die Straßen schleicht. Im Gedränge wurde er gegen Irina gedrückt. Sie lachte und legte ansatzweise den Arm um ihn. Er reagierte kaum. Sexualität und Klassenkampf waren ein schwieriges Thema. Die Vorstellung, dass mit der Befreiung der Produktivkräfte die sexuelle Befreiung des Menschen einhergeht, hatte sich erledigt. Marie fand das reaktionär. Sie war nicht prüde, aber sie setzte Prioritäten. Und an erster Stelle und mit höchster Priorität kam der Klassenkampf. Das muss man sich mal vorstellen, sagte Mike, auch wenn es, aus revolutionärer Sicht, irgendwo richtig ist. Auf merkwürdige Weise begann dieser Klassenkampf mit dem Unwohlsein in der bürgerlichen Kleinfamilie um dann, nach vielen Windungen und Wendungen und nach hohen Verlusten an Mensch und Material genau dort wieder zu enden. Das war in Russland so und in China auch. Nur in Kambodscha war man einen Schritt weiter gegangen. Dort war man bei den nach Geschlecht getrennten Arbeitsbrigaden angekommen. Höhepunkt oder vielleicht auch Tiefpunkt einer Entwicklung. So genau wusste man das nicht. Kambodscha durfte man übrigens nicht sagen, in der Zeit der Revolution hieß es Kampuchea. Ob man Amerika sagen dürfe hatte zu einem heftigen Disput zwischen ihm und Marie geführt. Der Name Amerika leitete sich vom italienischen Abenteurer Amerigo Vespucci ab, der als erster erkannt haben sollte, dass es sich hier um einen eigenständigen Kontinent handelte. Mike war wütend geworden und hatte gesagt, sie solle dann doch in irgend so einer verdammten Indianersprache sage, wie Amerika denn richtig heißen würde und Marie hatte gekontert er solle nicht Indianer sagen. Das war eine von vielen Streitigkeiten, die auch gelegentlich recht heftig werden konnten. Sie war sehr genau, was die Begriffe und Worte anging, sagte Mike, und ja, sie hatte Temperament. Und plötzlich war er in mürrischer Stimmung. Er und die Frauen. Nicht gerade eine Erfolgsgeschichte. Wie alles andere in seinem Leben auch, wenn man es genau nahm. Er war ein Versager. Stimmt nicht, sagte Mike. Alleine schon zu existieren ist eine aktive Tätigkeit. Das muss man erst mal hinbekommen. Darüber hinaus bin ich ein Revolutionär. In seinen Gedanken formulierte sich so etwas wie die moralische Grundlage seiner Rebellion, aber bevor er das präzisieren konnte erschien ihm das albern und die Vergangenheit mit Marie auf einmal weit weg. Es schien keine Verbindung mehr zu geben zwischen seinen politischen Anfängen und der Gegenwart, in der er Mercedessterne abbrach und, als vorläufigem Höhepunkt in den Güterbahnhof eingebrochen war. Und überall auf der Welt gab es richtige Leute, die richtige Dinge machten. People who are for real. Männer, die ein Vermögen machten, zum Militär gingen oder zur See fuhren. Vielleicht hatten sie nicht immer Erfolg, aber sie nahmen das Leben bei den Hörnern. Er dagegen schlich durch die Straßen, zerkratzte den Lack von Autos und traf in merkwürdigen Kneipen auf Typen, die so waren wie er. In alten Jeans und aus der Mode gekommenen Jacken. Sie erzählten von früher, wo alles besser war und dass sie mal einen kannten, der einen kannte, der bei der RAF war. Die waren wirklich in der Szene drin. Alles war eine große Lüge. Er war heimatlos.

Er sah zu Irina hinüber. Sie lief durch den Flur der zum Zuschauerraum führte, als wäre es das Selbstverständlichste der Welt. Es machte ihr nichts aus, einen Fuß vor den anderen zu setzen. Das habe ich nie verstanden, wie Frauen das machen. Wie sie so selbstsicher sein können. Er wusste, Selbstkritik könnte seinen Tod bedeuten. Er konnte von einem Augenblick auf den anderen verschwinden, sie aber würde bleiben. Von daher besann er sich auf das was seine Aufgabe war: Die Rebellion fortzuführen. Aber er fühlte sich immer noch unsicher dabei. Seine Welt war klein. Der Flur endete im Zuschauerraum, neben der Bühne. Vor ihnen rechts war die erste Reihe. Neben den Sitzreihen stieg eine flache Treppe in Verlängerung des Flurs an, bis hinauf zur letzten Reihe. Die Erweiterung seiner Umwelt aus der Enge des Ganges in den Theatersaal hinein nahm Mike auch in Gedanken wortlos zur Kenntnis. Bis zu einem gewissen Grad war er davon beeindruckt, dass die Welt sich so auszudehnen vermochte, dass sie ihm nun so edel und wohlgeordnet gegenüber trat. Er fühlte sich klein. Es war das Wesen der Welt und der Mächtigen, den Menschen mit Größe gegenüberzutreten. Sie zwangen sie, Kathedralen zu errichten, Tempel, Pyramiden, mächtige Zwingburgen für Körper und Geist. Die Architektur der Nazis brachte das zum Höhepunkt. Auch die Schule in die er gegangen war, war eine solche Zwingburg gewesen, eine Zwingburg der Erziehung, erbaut im vorigen Jahrhundert, gedacht, für mehr als eintausend Schüler, die Fabrik, in die sein Vater Tag für Tag ging, die ihn vereinnahmte. Die seinen Körper ausbeutete und seinen Geist lähmte. Aber er selbst begriff das als seinen Platz in der Welt, als seinen Anteil an der

Gesellschaft und er war stolz, auf den Beitrag, den er leistete. Von daher wurde es nichts, mit der proletarischen Revolution. Nur er allein, er, Mike, durchschaute das System. Er wusste, wie es funktionierte, und wer dahinter stand. Aber es war gefährlich, ein Wissender zu sein. Er durfte nicht zu viel Aufmerksamkeit erregen. Von daher seine verstohlene, nächtliche Lebensweise. Von Reihe zu Reihe wurden es weniger Theaterbesucher, die die flache Treppe hinaufstiegen. Zum Schluss, dachte Mike, werden nur die übrig bleiben, die die letzte Reihe gebucht haben: ein Selektionsprozess. Das ist Auschwitz. Er hörte Fetzen von Gesprächen, Lachen, aber insgesamt war es, bedachte man die Anzahl der Besucher, verhältnismäßig ruhig in diesem Raum. Sie wissen sich zu benehmen und das ist keine Disziplin, die ihnen von außen aufgezwungen wird. Sie sind angepasst und empfinden es als angenehm. Das ist verständlich, wenn man bedenkt, dass sie auch ihre Vorteile davon haben. Er war nicht angepasst und hatte demzufolge auch keinen Bonus zu erwarten. Das war die grausame Logik des Systems. Es wäre aber an dieser Stelle unsinnig gewesen, aus dem Begriff der Logik des Systems zu folgern, dass dieses in sich logisch und von daher berechenbar sei. Die Welt ist kein Uhrwerk, das einfach abläuft und bei dem jedes Zahnrad in ein anderes greift. Weder konnte man das System als kausal betrachten noch war die Revolution ein kausaler Prozess. Dies zu erkennen, war ein wesentlicher Prozess. Marx war erledigt. Die Dinge traten plötzlich und in einem gewissen Sinn unerwartet aus einer nebulösen Vorexistenz ins Sein.

Er drehte sich zu Irina um und sagte: Die russische Revolution... So alt bin ich jetzt auch wieder nicht, dass ich Dir da Auskunft geben könnte. Er sagte: Hast du einen

Freund... und in dem Augenblick, wie er es sagte, merkte er, dass er sich damit zu weit aus dem Fenster gelehnt hatte. Sie blieb stehen und taxierte ihn: Was machst du eigentlich tagsüber. Das, das sind so normale Dinge. Normale Dinge also. Arbeitest du was. Ja, klar, sagte er, in irgend so einem Büro, ich bin so was wie ein Angestellter. Und wo. Das war wie ein Verhör. Eine Situation, die er gerne vermieden hätte. Es gab schon Gründe, warum er alleine unterwegs war. Er war einer der wenigen, vielleicht sogar der einzige, der alles durchschaute. Es war gefährlich, sich mit anderen zu unterhalten. Am ehesten ging das noch in den Kneipen, wo er die anderen Rebellen traf, alkoholbetäubt, in oberflächlichen Gesprächen. Er wollte das vermeiden. Aber sie würde nicht aufhören zu fragen. Mein Vater sagte er, war ein Proletarier, ein richtiger Arbeiter. Ich bin Angestellter in einem Büro. Das ist doch gut. Gesellschaftlicher Aufstieg. Was ist denn, kriegst du keine Luft mehr. Die Worte waren ihm schwer gefallen. Er musste irgendetwas sagen, was in der Situation angemessen war und was keinen Verdacht erregte. Ich könnte sie nie als Genossin gewinnen, für den Kampf gegen die. Sie war nicht bösartig, aber sie stand auf der anderen Seite. Sie waren stehen geblieben und nur wenige Theaterbesucher liefen noch an ihnen vorbei. Mit wenigen Schritten waren sie auf der Ebene der letzten Reihe. Von der vorletzten zur letzten Reihe stieg der Zuschauerraum nicht mehr an. Der Abstand zwischen den beiden Reihen war deutlich größer als der zwischen allen anderen. Beinfreiheit, sagte Mike. Außer ihnen saßen in der letzten Reihe nur noch zwei Männer nebeneinander, beide um die vierzig, beide mit Bart und ein schwer einzuschätzender Einzelgänger, der sich ganz außen platziert hatte. Das Licht war noch an.

VII

Irina hielt vor der letzten Reihe an und begann, ihre Jacke auszuziehen, den Parka mit der von Kunstpelz gesäumten Kapuze. Das war elegant und irgendwie feminin. Mike beobachtete sie. Manchmal sehe ich auch gerne zu. Er hatte auch gerne Marie zugesehen. Das war kurz nachdem er in die WG gezogen war. Einmal stand sie nackt am Telefon. Wandapparat. So war das damals. Daneben der Zettel mit den Einheiten. Es wurde korrekt abgerechnet. Wenn sie früh aufstand ging sie als erstes zum gemeinsamen Kleiderschrank. Sie betrachtete sich selbst in der Spiegeltür. Er betrachtete ihre Rückseite. Irina sah sich nach ihm um. Sie hatte wohl erwartet, dass er ihr aus der Jacke helfen würde. Umgangsformen waren nie meine Stärke, sagte Mike. Er hielt auf sein proletarisches Erbe. Klar, dass er damit nicht jede Frau überzeugen konnte. Dann machte er unbeholfen einen Schritt nach vorne, aber Irina schlüpfte aus den Ärmeln, drehte sich mit einer fließenden Bewegung um und legte sich dabei den Parka über einen Arm. Russland ist manchmal auch hier. Toller Vergleich. Sie hielt ihn für einen unzivilisierten Russki. Die Herkunft aus dem Proletariat hatte eben zwei Seiten. Für Marie war das auch nur am Anfang interessant. Was gäbe ich drum, wenn ich jetzt noch ein Bier trinken könnte. Oder überhaupt, wenn ich in so einer versifften Kneipe wäre. Dort, wo sich die alten Genossen trafen oder vielleicht sogar dort, wo man gar keinen Anspruch mehr hatte. Aber ein Alkoholproblem habe ich nicht. Was. Gott, habe ich laut gesprochen. Irina ging in die Reihe hinein. Sie bewegte sich sicher. Ohne ihre Winterjacke wirkte sie deutlich schlanker, als vermutet. Mike sah ihren Hintern und ihre Schenkel. Es gab so etwas wie Sex. Klar, sagte Mike, rein und raus, das ist ja nichts Neues. Aber war er sich da wirklich so sicher. Ich bin dann öfter weggegangen, abends, als das mit Marie nicht mehr so gut lief. Und ehrlich gesagt, es ist ja von Anfang an nicht gut gelaufen. Nach drei, vier, oder fünf Bier, da vergisst man das dann und nimmt, was man kriegen kann. Und kriegen kannst du immer was. Da sind ja viele unterwegs. Da sind dann auch die Ansprüche nicht so hoch. Das ist das, worauf es ankommt. Nicht so viel denken. Du brauchst ein wenig Kohle. Geld ist wichtig. Du musst ja auch mal jemand was spendieren. Oder ein Taxi bezahlen, wenn es heißt, zu mir oder zu dir. Da ist man dann wieder geerdet. Scheiß auf die Politik. Kein normaler Mensch glaubt doch noch an die Revolution. Er sah, wie sich Irinas Hintern beim Laufen bewegte. Er war irgendwo zwischen rund und herzförmig. Sie hielt inne und drehte sich nach ihm um. Er stieß beinahe mit ihr zusammen. Wohin. Genau in die Mitte. Gehen sie genau in die Mitte. Oha, hier spricht der Eigentümer des Theaters. In der Mitte erlebt man alles am besten. Musik. Er hatte viel Musik gehört als er in der WG wohnte. Irgendwie erschien es ihm im Nachhinein betrachtet merkwürdig. Alle anderen waren tagsüber unterwegs. Nur er hing den ganzen Tag in der Altbauwohnung herum. Ich hab eben mein Ding gemacht. Eric and the Animals hab ich gehört. Aber auch Miles Davis, weil Marie das so wollte. Musik und abends auf Tour gehen. Das ist so das Tierische im Menschen. Von der letzten Reihe konnte man gut sehen, wie sich die anderen Besucher in den Zuschauerraum vorarbeiteten, wie sie sich aneinander vorbei drängten und ihre Plätze suchten. Sie dachten dabei nicht zu viel und das war auch gut so. Man kann ja auch wahnsinnig werden, wenn man zu viel nachdenkt. Ich hab mich dann irgendwie mit Eric Burdon identifiziert. Nicht so, wie er war. Ich hab ja nie eine Biografie von dem gelesen oder so, Gott bewahre.

Was hätte ich damit anfangen sollen. Aber alleine schon, dass die sich Animals nannten, das war stark. Eric das Tier. Nicht Mike, der Möchtegern-Revoluzzer, der von einer Stalinistin gnädig am Rande geduldete Halb-Anarcho. Das Tier. Das war was. Natürlich lebte das Tier, Eric the Animal, ein heimliches Leben. Das kann man ja keinem sagen. Auch, wenn es wirklich nichts Besonderes ist. Man weiß ja, wie die Leute sind. Am meisten hassen sie einen, der ganz normal ist und der ganz normale Sachen macht. In eine Kneipe gehen, ein paar Bier trinken, was ist da schon dabei. Eine Tussi abschleppen. Entschuldigung, wegen der Wortwahl, das ist nicht mehr zeitgemäß. Aber es bezeichnet den Vorgang ganz gut. Jeder will doch was vom Leben haben. Und Eric das Tier, das bin ich. Man darf es eben nur nie laut sagen, weil, dann klingt es lächerlich. Aber fünf Bier und alles ist gut. Nur, ich hätte eine andere Jacke anziehen sollen, wenn ich schon ins Theater gehe. Ich hätte mich überhaupt besser anziehen sollen. Aber gut, man kann auch nicht alles hinterfragen. Und ich bin es gewohnt, Dinge so zu nehmen, wie sie kommen. Was soll einer wie ich auch anderes machen. Er sah auf den Hintern von Irina. Dann sah er auf die anderen Theaterbesucher in den Reihen vor ihnen. Niemand von ihnen war irgendwie außergewöhnlich. Mein Gott, aber das hatte ich auch nicht erwartet. Theater. Mittelstand. Bildungsbürger.

Trotzdem interessierten ihn die Leute. Manchmal, manchmal denke ich mir eine Geschichte aus. Und man soll auch nie denken, dass die Leute so bieder sind, wie sie aussehen. Jedenfalls nicht alle. Manchmal erlebt man ganz schöne Überraschungen. Ich hab da meine Erfahrungen. Klar, ich bin ein wenig in die Jahre gekommen, aber genau das bedeutet eben, dass ich diese Erfahrungen habe und weiß, was Sache ist. Nur diese Jacke. Das war keine gute Idee gewesen, diese Jacke anzuziehen. Meine Mutter hat die mir noch gekauft. Muss man sich mal vorstellen. Die Lederjacke wäre besser gewesen. Damit sehe ich aus wie ein Rebell. Die Frauen mögen das. Allerdings war Eric weit davon entfernt an so etwas wie Revolution auch nur ernsthaft zu denken. Das ist was für Spinner. Typen, die irgendwann in der Zeit stehengeblieben sind. Lebende Fossilien. Quastenflosser. Ich stelle das System nicht in Frage. Warum sollte ich das auch tun. Ich sehe nur zu, dass ich meinen Teil abbekomme. Dann war da aber noch der kleine Nachteil des Systems, dass es nicht einfach von selbst ein Füllhorn von Gaben über seine Verehrer ausleerte. Man musste trotz allem sehen, wo man blieb. Irina blieb abrupt stehen und wieder wäre er beinahe mit ihr zusammengestoßen. Er roch ihre duftenden Haare. Gepflegt, dachte er bei sich, das ist gut. Hier, das ist genau die Mitte. Ja, sagte er, das ist genau die Mitte. Warst du verheiratet. Ja, sagte sie, mit einem Russen in Russland. Und wenn man es genau nimmt, bin ich es noch, aber wir leben getrennt. Er machte Geschäfte, aber die liefen nicht gut. Heute ist er in Sibirien. Ich weiß noch nicht mal genau, wo. Und wie war das so. Meinst du Sex. In Russland ist ein Mann ein Mann und eine Frau eine Frau. Das war offen, mit einem leicht aggressiven Unterton und es war auch nicht klar, wie es gemeint war. Sollte er sich jetzt als Konkurrent aller russischen Männer fühlen. Clever war sie auf jeden Fall. Was hältst du von den beiden, lenkte er ab. Die beiden Vierzigjährigen in der Reihe waren gemeint. Dabei lehnte er sich ein wenig über sie und konnte eine Spur ihres Körpergeruchs wahrnehmen. Süßlich, mit einer leicht bitteren Note. Man muss tolerant sein, sagte sie, aber es hörte sich wenig überzeugt an. Ich bin tolerant, sogar sehr tolerant. Und das war das dümmste, was ich hier habe sagen können, sagte

Eric. Zeig mir eine Frau, die einen toleranten Mann mag und ich zeige dir eine vegetarische Katze. Irina schaute ihn an. Dann wurde das Licht dunkler und ging schließlich ganz aus. Ich bin nicht schwul, sagte Eric echt nicht, aber ich weiß auch nicht wirklich, was ich zu dem Thema sagen soll. In dem nun völlig dunklen Saal wurde es immer ruhiger. Das Summen der Gespräche wurde leiser und löste sich in einzelne Sprachfetzen auf. Dann war es völlig ruhig. In diesem Moment der Dunkelheit und Stille war jeder auf sich zurück geworfen. Es war als würden sie hinabtauchen in den formlosen Urgrund des Seins, aus dem sie gekommen waren. Sie waren bereit, aus dieser Vorexistenz wieder auf die Bühne des Lebens zurückzukehren, doch noch war es nicht so weit. Eric hielt sich an dem letzten Gedanken fest, den er aus der Realität mitgenommen hatte. Ich bin nicht schwul. Das war irgendwie so banal, dass selbst das Gegenteil banal gewesen wäre. Aber ich hab ja auch nie den Anspruch gehabt, was Besonderes zu sein. Wie jeder hab ich natürlich eine Zeit gebraucht um mein Leben und meinen Stil zu finden. Und irgendwie hab ich dann rausgefunden, dass es einfacher ist, wenn man nicht so viel denkt und vor allem diese verdammten Ansprüche bleiben lässt. Und dann Marie. Man braucht sich nicht vorzustellen, dass da viel gelaufen ist. Bei all der Politik. Und eigentlich denke ich auch nicht so gern an diese Zeit. Die WG war ein Schuss in den Ofen. Eine Luftnummer. Allerdings hätte Marie es nicht toleriert, wenn er schwul gewesen wäre. Die hat schon gewusst, was sie will, sagte Eric. Seine Augen hatten sich nun an die Dunkelheit gewöhnt, so dass er wieder etwas sehen konnte. Irina bewegungslos. Die beiden Vierzigjährigen hatten die Köpfe zusammengesteckt und tuschelten. Der Sonderling am Ende der Reihe kaum zu sehen. Das ist so einer, dachte Eric, da krieg ich Gänsehaut. Wie das wohl ist, wenn so einer selber merkt, dass er so ein Perverser ist oder schwul. Ich meine, geht der an einem Abend ganz normal ins Bett und wacht dann am nächsten Morgen schwul oder ganz pervers auf. Man kann ja heute keinen so direkt fragen. Die Leute sind prüde geworden. Echt. Und wie er gerade daran dachte, dass man heute auch nicht mehr ficken oder Neger sagen durfte, öffnete sich der Vorhang. Das Bühnenbild glich einem großen Setzkasten. In einem Element davon stand Struwwelpeter, wie man ihn aus dem Kinderbuch kannte.

Das Theater ist, wenn man so will, in seiner Gesamtheit, weit weniger überraschend als alle Beteiligten glauben. Die Bühnenautoren, Schauspieler und Regisseure dachten, mit ihrer Kunst etwas nie Dagewesenes zu zeigen. Und doch gab es nur wenig Neues unter der Sonne. In jedem Stück kommt doch immer an irgendeiner Stelle eine verheulte Fünfunddreißig-Jährige vor im Unterrock. Ein Kleidungsstück, das es wohl nur noch im Theaterfundus gab. Schauspielerin im Unterrock.

Was hast Du gesagt, fragte Irina. Ach nichts. Das Schauspiel begann. Mit recht laut rezitierten Versen. Sie konnten sich dabei nicht unterhalten. Eric empfand das als unangenehm. Das Schauspiel interessierte ihn nicht. Es war eine Schnapsidee gewesen, ausgerechnet in dieses Stück zu gehen. Aber davon abgesehen habe ich das Recht auf Kultur.

Er sah zu Irina hinüber. Sie beobachtete interessiert das Treiben auf der Bühne. Er konnte von ihr nicht viel sehen. Ihre Schenkel, ihre Brüste unter dem Pullover. Das musste reichen. Damit musste er die Zeit im Halbdunkel überstehen. Er versuchte sich vorzustellen, wie sie war: prüde bestimmt nicht, aber auch nicht fantasievoll. Er war davon überrascht, dass diese Gedanken nicht in dem Ausmaß lustbetont waren, wie er sich das vorgestellt hatte. Das Theaterspiel blockierte ihn. Er musste in diesem Sitz sitzen und konnte sich auch nicht zu ungewöhnlich verhalten. Das Leben hatte ihm eine Falle gestellt. Daran hätte er denken sollen, bevor er die Theaterkarten kaufte. Moment mal, sagte er, ich habe diese Karten nicht gekauft. Das war Irina. Und die habe ich übrigens in meinem ganzen Leben noch nie zuvor gesehen. So war das also. Das war eine eigenartige Situation.

Das entsprach nicht seiner normalen Vorgehensweise. Kurzzeitig hatte er das Gefühl auf mehreren Ebenen gleichzeitig zu existieren. Ursache dafür war das Halbdunkel, das Dämmerlicht, das alles um ihn herum eher erahnen als erkennen ließ. Aus dem Dunkel der Vorexistenz heraus konnte sich alles Mögliche verwirklichen, es konnten monströse, aber auch gewöhnliche Dinge daraus hervortreten. Das war aber nicht die wirkliche Gefahr, die von seiner Situation ausging. Für einen Moment, aber er wagte es nicht den Gedanken vollständig zu formulieren, schien es ihm, dass er selbst in diesem wabernden Urgrund verschwinden könne.

Plötzlich und unvermittelt tauchte vor seinem geistigen Auge das Bild einer Schraube auf. Es war eine Schraube, die einen Fensterrahmen einer Straßenbahn mit dem Fahrzeug selbst verband. Diese Schraube hielt sich, bedingt durch ihre Bauart und Funktion nicht nur an der Bahn, sondern auch an der Welt fest. An der Welt der Dinge, die auf die Bühne der Existenz getreten waren. Woher dieses Bild. Er sah zur Bühne. Er verstand nicht, was er dort sah. Es war wohl eine Episode aus dem Struwwelpeter. Ich selbst habe dieses Buch gehabt. Eric erschrak bei dem Gedanken, dass er einmal ein Kind gewesen war. Im Grunde sah er sich selbst als jemanden, der als Erwachsener die Welt betreten hatte.

Sicher hatte er ein Vorleben. Er war auch einmal ein Schüler gewesen. Aber aus seiner Sicht erschien der Blick auf diese Lebensphase nebulös. Das ist schon so lange her, sagte er zu sich selbst, dass es an Bedeutung verloren hat. Die Kindheit in einem Arbeiterstadtteil. Die Männer gingen in die Fabrik, die Frauen waren Hausfrau und Mutter. Mit Kindern wurde nicht zimperlich umgegangen. Als er älter war hatte er eine Bande, seine Tschaika. Manchmal brachen sie in Kleingärten ein oder zündeten etwas an. Aber nichts Ernstes. Dann lerne er Marie kennen. Das war aber schnell zu Ende. Mit diesen ganzen politischen Dingen konnte er nichts anfangen. So was, sagte er, macht dich wahnsinnig, wenn du anfängst darüber nachzudenken. Kein vernünftiger Mensch kennt den Unterschied zwischen Marxismus und Leninismus. Das ist alles Quatsch. Marie hatte wegen ihrer ganzen politischen Aktivitäten kaum Zeit für ihn. Das ist nicht das, was ein Mann will. Bald ging jeder seiner Wege.

Er lernte eine junge Prostituierte kennen. Echt, sagte Eric, die ging auf den Strich, aber für mich war das natürlich umsonst. Was die heute wohl macht. Gitt sagte: was du vorher gemacht hast ist egal und bei mir hat dich das auch nicht zu interessieren. Du bist jetzt ein neuer Mensch. Wir fangen was Neues an. Ja, klar, sagte Eric, mit einer Nutte was Neues anfangen. Da kann man sich ja denken, was dabei rauskommt.

Das ist nichts Spektakuläres, wie ich bisher gelebt habe. Das sind alles keine großen Sachen. Nur jetzt. Jetzt sitze ich in der Falle. Wenigstens saß man in der letzten Reihe nicht so beengt. Er hätte sich gerne einen Sitz weiter von Irina weg gesetzt. Es wäre ihm angenehm gewesen, auf beiden Seiten einen freien Sitz zu haben, aber er fürchtete, sie würde das missverstehen. Er begann, sich umzusehen. Der

Zuschauerraum des Theaters war, abgesehen von den letzten fünf Reihen, vollständig besetzt. Es waren Normalos, Bildungsbürger und ein paar schräge Vögel. Da war nichts und niemand, der ihn interessierte.

Dann meldete sich seine Blase. Gott, ich muss pinkeln. Ich hätte das Bier nicht trinken sollen. Er neigte sich zu Irina: Ich muss mal raus. Sie nickte. Der Abend und seine Person waren für sie bis jetzt eine einzige Enttäuschung. Eric fühlte das. Aber im Ernst, was kann ich dafür, wenn ich pinkeln muss. Und russische Männer sind wohl noch größere Enttäuschungen, so nach allem, was ich weiß. Er stand auf. Da die übrigen Sitze, bis auf den am Flur, leer waren, war es kein Problem, die Reihe zu verlassen.

Er drückte sich an dem Sonderling vorbei. Manchmal gibt es Typen, da bekommst du Gänsehaut. Das war so einer. Ein Irrer. Ein Perverser. Ich erkenn diese Typen, wenn ich sie sehe. Als er aus der Sitzreihe getreten war, erkannte Eric das Ausmaß seiner Aufgabe: Er musste jetzt den Weg, den er gekommen war, wieder zurückgehen. Vorbei an allen Sitzreihen, bis zum Ausgang, der neben der Bühne war. Die Toilette war im Foyer. Jetzt muss ich einen Fuß vor den anderen setzen. Er sah das Muster des Teppichbodens in den kleinen Lichthöfen, die von der Gangbeleuchtung gebildet wurden. Diese kleinen Leuchtkörper traten plötzlich in sein Bewusstsein. Es war unklar, ob sie vorher schon da gewesen waren. Diese Dinge erschienen. Es waren Phänomene, die ohne Ursache ihr Sein erlangten und dann wieder im Dunkel der Ungewissheit verschwanden.

Wer hatte das Muster des Teppichbodens entworfen? Wer war auf die Idee gekommen, dass Braun und Orange gut zueinander passen? Er stellte sich einen Designer vor, der in einer riesigen Atelierwohnung an einer Art Reißbrett arbeitete. Der Designer war Skandinavier. Er hatte eine blonde Frau und blonde Kinder. Plötzlich rief er: Braun und Orange. Die Frau antwortete: Die Leute werden es lieben. Du bist ein Genie. Der Weg hinunter zur Tür war weit. Eric wurde schwindelig. Er hielt sich an der Wand fest. Je weiter er ging, umso mehr würde man ihn sehen können. Es war, als würde er gegen einen Ansturm von Dämonen kämpfen.

Dann kehrten Ruhe und Harmonie in seinen Geist ein und er machte einen Schritt nach vorne. Diese körperliche Tätigkeit befreite ihn und er ging, wenn auch mit eingezogenem Genick und mit einem unguten Gefühl, bis zur Tür. Auf der Bühne wurde lärmig die Episode vom Hans-Guck-in-die-Luft abgehandelt. Im Grunde banal, dass er auf die Schnauze fällt oder ins Wasser, wenn er nicht aufpasst. Auf der Bühne hatte natürlich jeder Scheiß seine Wirkung. Die Bildungsbürger lauschten andächtig. Der gedankliche Hochmut rächte sich sofort, da Eric die Tür nicht aufbekam. Scheiße, dachte er, jeder sieht jetzt, wie ich mit der Tür kämpfe. Sie ging nach außen auf. Er machte ein paar schnelle Schritte.

Der Gang zwischen Foyer und Zuschauerraum war still, leer und beleuchtet. Die Türe war offensichtlich schallgedämmt. Eric atmete auf. Die Dunkelheit ist eine Falle. Im Licht fühlte er sich sicherer. Er lief langsam um keine Aufmerksamkeit zu erregen. Im Grunde schätzte er einen regulären Ablauf. Und Sex an sich ist ja nichts Besonderes. Es war einfach sein Ding. In Kneipen zu gehen oder an anderen Plätzen jemand anzusprechen. Er war nicht besonders klug. Also echt, ich bin keine Intelligenzbestie. Aber er hatte irgendwie den Bogen raus. Das ist so was wie Feingefühl.

Jetzt aber war alles anders. Irina hatte ihn angesprochen und sich aufgedrängt. Sie hatte ihn dazu gedrängt ins Theater zu gehen und Karten gekauft. Allerding hätte er auch kaum irgendetwas anderes unternehmen können, da er, entgegen seinen sonstigen Gewohnheiten, kein Geld dabei hatte. Wieso habe ich kein Geld dabei. Und warum um alles in der Welt habe ich meine schäbigste Jacke an. Aber der Abend war noch zu retten. Er musste nur die Zeit im Theater durchstehen. Ist ja eigentlich eine Kleinigkeit. Die Welt war einfach. Man musste sich nur nicht zu viele Gedanken machen. Nach der Theatervorstellung würde er mit Irina noch irgendwo was trinken gehen und dann gabs den Klassiker: Zu mir oder zu dir. Wenn er wieder auf vertrautem Terrain war, würde sich alles von selber ergeben.

Er sah sich um. Der Flur war hell erleuchtet. Die Luft war jetzt auch frischer. Er hörte gedämpftes Lachen. Hinter ihm war der dunkle Raum. Da denke ich jetzt gar nicht dran, dass ich da wieder rein muss. Aber irgendwie untergrub es seine Selbstsicherheit, dass diese Dunkelheit da war.

Es gibt schon Augenblicke, sagte Eric, wo ein Mann an sich selber zweifelt. Das ist nur natürlich. Männlichkeit besteht zu einem großen Teil eben darin, diese Zweifel zu besiegen. Aber irgendwie wusste er auch, dass das nicht stimmte. Und nicht nur das. Irgendwie schien insgesamt etwas nicht zu stimmen. Reiß dich zusammen, sagte er zu sich selbst. Mit ein paar schnellen Schritten erreichte er das Foyer. So ganz leer und ohne Menschen sah es riesig aus. Auf der anderen Seite, weit, weit weg, sortierte eine Mitarbeiterin etwas in einen Prospektständer ein. Eine Angestellte von undefinierbarem Alter. Ich würde was drum geben, wenn ich in einer dieser Kneipen wäre, im Landsknecht beispielsweise oder im Café Vienna, dachte er. Alle wären betrunken und es wäre sein

Spiel, er hätte die Kontrolle. Eine abgegriffene Blondine. Kommst du öfters her. Trinkst du was mit mir. Und: Hey, lass deine Finger da weg. Ja, dich meine ich. Wir nehmen ein Taxi.

Hier aber war das hell erleuchtete Theaterfoyer. Nicht, dass der Raum feindselig gewesen wäre, aber er ließ ihn fühlen, dass er der falsche Mann am falschen Ort war. Und ich muss immer noch pinkeln, sagte Eric. Der Weg war irgendwie verdammt weit. Die schweren Ledersitze, die Glastische, die Bar, an der nun keine Bedienung mehr stand. Das halbe Bier, das sie zurückgelassen hatten, war längst weggeräumt. Die Frau, die die Prospektständer befüllt hatte, sah ihn interessiert an, als er sich näherte. Wo möchten Sie denn hin. Die Toiletten waren direkt neben dem Aufgang zum Zuschauerraum. Eigentlich logisch. Und peinlich, dass er nicht daran gedacht hatte. Er ging den Weg zurück mit einem unguten Gefühl. Er war davon abhängig, die Kontrolle über eine Situation, nicht unbedingt über andere Menschen zu haben. Aber wenigstens die Situation. Hier war er der Spielball unbekannter Kräfte.

Die Banalität: Mann sucht im Theater das Klo, war nur vordergründig. Der Theaterbesuch hatte sich auf eine unklare, undurchsichtige Weise entwickelt. Ich wäre in den Landsknecht gegangen, sagte Eric. Aber nun war er hier. Es schien ihm, als wäre ihm der Theaterbesuch wichtig gewesen. War er nicht, sagte Eric. Nicht, dass ich jetzt gar keine Kultur habe oder so. Manchmal lese ich auch was. Das Fernsehprogramm zum Beispiel. Aber es ist nicht wirklich mein Ding. Auf keinen Fall hätte ich das so geplant. Und diese Irina. Wo kommt sie her. Gut, wenn sie schon mal da ist. Er hätte jetzt gerne ein Bier getrunken. Und dann noch eins. Das half normalerweise immer. Ich kann keine Leute ertragen, die sagen, ich hätte ein Alkoholproblem. Ich kann nur nicht immer nüchtern alles ertragen.

Alles, das war seine armselige Existenz. Armselig ist ein krasses Wort. Sagen wir mal lieber bescheiden oder vielleicht eindimensional. Eindimensional ein Wortungeheuer. Darin lauerte etwas. Es traf den Nagel auf den Kopf. Es bedeutete, dass eine Person nur in eine Richtung entwickelt war. Er sagte das Wort ein paarmal nacheinander in Gedanken und bemerkte die Gefahr, die darin lag. Jede Person ist vielschichtig. Es musste so sein. Eine eindimensionale Person wäre ein Monster. Ein solches Leben wäre wie eine Nebenrolle in einem Schauspiel. Ein Schauspieler, der nur einen einzigen Satz sagt und dann wieder hinter der Bühne verschwindet. Abend für Abend. Ein Alptraum. Ich bin in dieser Welt gefangen. Oh Gott, ich bin ein Typ, der immer und immer das gleiche macht. So wie sein Vater, der Tag für Tag, Jahr für Jahr an immer derselben Maschine gearbeitet hatte. Ein Roboter, der immer die gleichen Bewegungen macht. Sex und Alkohol hatten ihn über diese Monotonie hinweg getäuscht.

Saufen und Ficken geht immer, hatte einmal eine Arbeitskollegin zu ihm gesagt und es war nicht klar gewesen, wie es gemeint war. Normalerweise dachte er nicht an seine Arbeit. Ich denke da nie dran, sagte Eric. Es ist nichts Besonderes. So Bürosachen eben. Ich sitze an einem Schreibtisch. Es war nicht grundsätzlich unmöglich für ihn daran zu denken, es war einfach nur nicht üblich. Er sah seine Berufstätigkeit wie durch eine milchige Glasscheibe. Hätte er Namen von Arbeitskollegen angeben können. Wer war sein Vorgesetzter. Es war, als würde da jemand anders arbeiten. Das kann man in einem gewissen Sinn so sehen. Es ist eben einfach nicht so wichtig für mich. Man muss ja auch nicht ständig an alles denken.

Er öffnete die Tür zur Toilette. Dahinter war ein Flur, der zu den Toiletten für Männer, für Frauen und zu einem Wickelraum führten. Wer nimmt denn einen Säugling mit ins Theater. Bin ich jetzt der einzige, der das merkt. Vielleicht war es aber einfach auch nur eine Vorschrift der Stadtverwaltung oder der Baubehörde, dass das so auszusehen hatte. Nachdem er gepinkelt hatte, zog er sich in eine Kabine zurück. Die Toilettenanlage war angenehm sauber, die Luft war warm und alles war dezent, aber hell genug beleuchtet. Er zog seinen Schuh aus. Der schmerzende Fuß hatte sich unangenehm zurück gemeldet. Die Sohle des leichten Sportschuhs war eindeutig von einem rostigen Gegenstand von vielleicht vier Millimetern Durchmesser durchdrungen worden. Alter Schwede. Wie hab ich das gemacht. Er zog den Strumpf aus und bemerkte nun, dass es keine Möglichkeit gab, seine Fußsohle zu sehen. Da bin ich einfach nicht gelenkig genug dafür. Da muss man so ein Schlangenmensch sein, wie aus dem Zirkus. Er befühlte seinen Fuß, der nass und kalt war. An der Sohle war eindeutig die Eintrittswunde zu fühlen. Sie schmerzte höllisch, wenn er sie anfasste. Das Gewebe um die Verletzung herum war geschwollen.

Was mache ich jetzt. Ich bin kein cleverer Typ. Ich meine, irgendwo bin ich schon clever, aber eben nicht auf die Art clever, wies jetzt gut wäre. Und ich bin nicht beweglich genug, um meine Fußsohle betrachten zu können. Und ich habe eine nasse Socke in der Hand. Würde man das erzählen, keiner würde das glauben. Für einen Moment versuchte er sich vorzustellen, wem er diese Geschichte erzählen könnte. Seinen Kneipenbekanntschaften. Seiner letzten Eroberung.

Irgendwie erschien es ihm, als wäre das früher anders gewesen. Seine Eltern. Marie. Gitt, die blöde Nutte. Seine Eltern kannten andere Leute. Verwandte, Arbeitskolleginnen seiner Mutter, Marie kannte alle möglichen Leute, Politische, die merkwürdigsten Kreaturen, aber politisch links, und auch ein paar pädophile Wichser. Ja, so habe ich die genannt, Ober-Hippies und Alt-Linke, Fossilien der Studentenbewegung. Und dann Gitt, die blöde Nutte. Sie kannte andere blöde Nutten. So lernte er Leute kennen. Aber jetzt.

Irgendwie kam ihm das alles sehr eingleisig vor. Na ja, sagte Eric, es ist halt so wies ist: früher hab ich Leute gekannt. Und Leute, die andere Leute gekannt haben. Und so fort. Jetzt ist das alles weg. Man kann auch alleine sein, wenn man mit anderen zusammen ist. Da darf man sich keine Illusionen machen. Holla, die Waldfee. Tiefsinn-Alarm. Der Gedanke war außergewöhnlich tiefsinnig für ihn. Ich habe eben keine klaren Ziele und keinen Ehrgeiz. Hätte ich Ehrgeiz, wärs ja noch blöder, denn dann wüsste ich nicht, was ich machen sollte. Er musste lachen, weil er sich einen Typen vorstellte, der voller Energie war, aber nicht wusste, was er machen soll. Echt jetzt. Meistens wars ja umgekehrt. Irgendwelche Typen hatten Pläne, was sie machen wollten, Karriere, richtig Kohle ziehen oder ins Ausland abhauen. Und dann brachten sie den Arsch nicht hoch. Da war es besser, wenn er gar nicht erst damit anfing.

Ich will diese Alte klar machen, Irina, oder wie die heißt. Das reicht eigentlich, von wegen, Ziele haben und so. Klar war auch, dass er sie dazu bewegen musste, dass sie ihn zu sich einlud. Er nahm die Frauen nie mit zu sich in seine Wohnung. Das hätte Probleme gegeben. Was für Probleme eigentlich. Na ja, sagte Eric, Probleme allgemeiner Natur.

Man weiß nie, was die Nachbarn denken. Oder ob so eine Tussi nicht am nächsten Tag vor der Tür steht. Im Bewusstsein, dass das Leben doch gut und einfach sei und dass es genau so richtig war, wie er es machte, zog er seine nasse Socke über den Fuß, der dabei heftig schmerzte. Er zog seinen Schuh wieder an und dachte: Scheiß drauf. Der Fuß ist morgen schon wieder besser. Und er verließ die Toilette.

Das Theaterforum zeigte sich menschenleer. Die Angestellte war verschwunden. Er fühlte sich wohl hier. Dann dachte er: wie viel Zeit wohl vergangen ist. Er betrat den Flur zum Zuschauerraum an dessen Ende die Dunkelheit lauerte, die Menschen zum Verschwinden bringen konnte. So muss man das auch sehen, sagte er zu sich, aber das alles kann ja nicht mehr so lange dauern. Und die Tür geht nach außen auf. Er hatte genug Selbstvertrauen, um einen Fuß vor den anderen zu setzen. Alles ist gut so, wie es ist. Dann die Tür. Nach außen. Im Zuschauerraum war er blind. Das vergeht. Aber er konnte zunächst nichts sehen, außer der beleuchteten Bühne rechts von ihm. Das war so ungefähr das letzte, was ihn interessierte. Er ging schnell, vermied es, ins Licht zu sehen. die Augen passten sich an.

VIII

Als er die letzten Reihen erreichte fühlte er sich sicher. Niemand konnte ihn mehr sehen. Der widerwärtige Sonderling, der am Ende der letzten Reihe gesessen hatte, war nicht mehr da. Er saß jetzt neben Irina. Das bemerkte er erst, als er einige Sitze weit schon zur Mitte gegangen war. Er reagierte hier automatisch: Hey, Kumpel, was geht ab. Der Typ brummte etwas Unverständliches. Irina fragte halblaut: Wo warst Du so lange. Und er murmelte: hab das Klo nicht gleich gefunden.

Notgedrungen musste er sich nun auf den anderen freien Platz neben Irina setzen. Die schaute zur Bühne, als wenn es sie interessieren würde. Aber ehrlich, sagte Eric, wer interessiert sich schon für so einen Scheiß. Irina flüsterte mit dem Sonderling. Das hat mir gerade noch gefehlt. Er war wieder in der Dunkelheit. Auch wenn Irina neben ihm saß, konnte er doch nicht viel von ihr sehen. Sie hatte sich auch mehr diesem anderen Kerl zugewandt. Ja, sagte Eric, scheiße, jetzt werd ich wohl auch noch abserviert und dann noch wegen so einem. Er konnte nichts tun. Die Dunkelheit hielt ihn umfangen und er musste zur Bühne sehen.

Minz und Maunz die Katzen, drohen mit den Tatzen. Sie heben ihre Pfoten: Die Mutter hats verboten. Im Originaltext heißt es übrigens: Der Vater hats verboten. Und hey, woher weiß ich das. Das war nun wirklich merkwürdig. Ich bin ja nicht gerade gebildet oder belesen. Er versuchte, sich zu erinnern, wann er das letzte Mal ein Buch gelesen hatte. Eigentlich nie. Ja, wirklich, gar keins. Hatte er Kinderbücher gehabt. Ja, klar, irgendwelche. Hatte seine Mutter ihm etwas verboten. Ja, auch hier ein klares ja. Natürlich hab ich als Kind nicht alles gedurft. Das war auch nicht so die Zeit für moderne Pädagogik. Da hieß es: Finger weg von den Streichhölzern oder du kriegst eine geschallert. So war das und man hat sich nicht zu viele Gedanken darum gemacht und das war auch gut so.

Meine Eltern waren einfache Leute. Von daher ist es auch verständlich, dass ich ein einfacher Mann bin. Ein einfacher Job, mittleres Gehalt, ein wenig unverbindlichen Sex und ab und zu ein Bier. Was hätt ich denn werden können. Präsident. Hauptsache, immer ein wenig Geld in der Tasche. Mit Ausnahme von heute Abend. Er dachte darüber nach, was mit dem Geld passiert war, von dem er sich sicher war, dass er es eingesteckt hatte. Ich geh nie ohne Geld aus dem Haus. Feste Regel. Er konnte es aber nicht herausfinden.

Das brachte ihn in die unangenehme Situation, dass er den weiteren Verlauf des Abends nicht aktiv beeinflussen konnte. Er hätte, beispielsweise, Irina in einen Laden einladen können, der so schick war, dass der Sonderling nicht hätte mitgehen wollen. Aber das ging jetzt ja nicht. Außerdem hatte er diese schäbige, ausgeblichene Mikrofaserjacke an. Die Jacke, die ihm seine Mutter vor Jahren gekauft hatte. Er war darauf angewiesen, dass Irina ihn weiter einladen würde. Natürlich konnte es auch so kommen, dass sie den Sonderling einlud und ihn nicht. Wer zahlt bestimmt. Sie hatte das Heft in der Hand. Mürrisch sank er in seinem Sitz zusammen. Der Sonderling beugte sich über Irina hinweg zu ihm und sagte halblaut: Finn. Mein Name ist Finn. Eric. Sagte Eric. Mike stellte ihn Irina vor. Eric, sagte Eric noch mal. Gelegentlich, oder wenn er ernster ist, auch Zett. Ha ha, Namen sind doch Schall und Rauch und als er nicht reagierte: Die letzte Reihe. Ha ha. Wohl wegen der Beinfreiheit. Das war nicht lustig. Als würde er nicht existieren oder wäre jemand anders. Aber ich weiss, wer ich bin. In der Dunkelheit kreisten seine Gedanken um sich selbst, bis sie mit Worten nicht mehr zu formulieren waren. Die Finsternis schien ein Ort, den er kannte. Er sagte: Da war ich schon mal. Dann sah er zu Finn und Irina. Mein Gott, er berührt ihre Brüste. Was passiert denn noch alles. Zunächst geschah aber nichts mehr. Finn und Irina verschwanden. Und es ist nicht sicher, dachte Eric, dass sie jemals wieder auftauchen. Wie Schauspieler auf einer Bühne. Und wie man so sagt: jeder Auftritt kann der letzte sein. Vorhang auf: Hier kommt ein guter Mann. Er geht aufs Klo oder hat einen Fick. Dann verschwindet er wieder. Die ganze Welt ist ein Theater. Niemand kann sagen, dass er gestern oder vor zehn Jahren existiert hat. In einem gewissen Sinn war die Vergangenheit nur eine Erzählung. Der Gedanke der Vergangenheit, als Konstrukt aus einer konkreten Gegenwart heraus, waberte in Eric, aber sein geringer Intellekt hinderte ihn daran, ihn analytisch zu präzisieren oder klar auszuformulieren. Das ist auch echt etwas viel verlangt. Ich bin ja keiner der studiert hat oder tausend Bücher gelesen. Aber auch so merkte er die Gefahr, die in dem Ganzen lag. Die Dunkelheit könnte ihn aufsaugen.

Der Urgrund der Vorexistenz zog an ihm. Er hätte sich auch vollständig auflösen können. Aber so weit ist es noch lange nicht, sagte Eric. Er rang nach Luft. Wie lange geht das denn noch mit diesem Struwwelpeter. Hast Du was. Gehts Dir auch gut. Irina dreht sich nach ihm um. Ja, lass mal. Aber er atmete schwer und Schweiß trat auf seine Stirn. Jetzt nur nicht in Gedanken abschweifen. Das war die wirkliche Gefahr, das Denken. Das Denken muss man sich so vorstellen, als würde man einen Schritt machen, aber man wüsste vorher nicht, in welche Richtung. Von daher war es immer besser, das zu denken, was man schon einmal gedacht hatte, wie: Hey, die Alte ist geil. Oder: Das ist jetzt aber das letzte Bier. Oder: heute Abend bleib ich einfach mal zuhause. Das war, als würde man einen Weg gehen, den man zur gleichen Tageszeit an einem gleichen Tag schon einmal gegangen war.

Das nennt man Routine, sagte Eric. Eigentlich gehe ich immer in die gleichen Kneipen. Klar, die Tussies sind verschieden, aber auf eine gewisse Art sind sie auch gleich. Die Sprüche der Leute waren immer gleich und nein, das habe ich nie gehasst, im Gegenteil. Ganz im Gegenteil, sagte Eric, denn dann gibt es noch die Gedanken, die eben neu sind, ziellos, richtungslos und du weißt nicht, was dabei herauskommt. Ein solcher Gedanke führte nirgendwo hin und im schlimmsten Fall zu neuen Gedanken, die auch ziellos sind und irgendwann landet man in einem schwarzen Loch. Das ist so, als wäre man auf einer Straße unterwegs in der die Kanaldeckel entfernt sind und man wäre blind, so dass man die Kanalschächte nicht sehen kann. Da wäre es ja auch gefährlich, einfach so loszulaufen oder herumzuspringen. Deshalb: Denken in geordneten Bahnen. Himmel hilf. Was heißt das jetzt in dieser Situation.

Da war Irina. Im Moment beachtete sie ihn nicht. Finn. Um Gottes Willen. Er sah in den Zuschauerraum. Das Publikum, dunkel, von hinten gesehen. Die Beleuchterbrücke oben. Die Bühne vermied er. Das Stück näherte sich dem Ende.

Ich geh schon mal raus. Fluchtartig durchquerte er die Reihe hin nach der anderen Seite, als die, von der er gekommen war, weil er sich sonst wieder an Irina und Finn hätte vorbei drängen müssen. Verzeihung. Die beiden Bärtigen machten Platz. Er ging schnell, mit fast taumelnden Schritten hinab zum Ausgang. Die Tür wird wohl auch nach außen aufgehen. Im Flur hin zum Foyer fühlte er sich besser, aber nur minimal. Seine Gedanken rasten in seinem Kopf umher, aber ohne sich zu konkretisieren, ohne einen festen Punkt zu entwickeln, von denen aus sie ansetzen konnten. Er fürchtete sich davor, das Foyer zu betreten. Wie sieht das denn aus. Verlässt die Vorstellung zehn Minuten vor dem Ende. Unsicher betrat er das Foyer. Die Frauen aus den Theaterkassen standen am Eingang beisammen und unterhielten sich.

Eine der Frauen sah zu ihm hin. Er erkannte sie zunächst nicht, dann wurde ihm aber irgendwie klar, dass er bei ihr die Theaterkarten gekauft hatte. Eine Erinnerung, als wäre das schon sehr lange her und wie durch eine milchige Glasscheibe betrachtet. Das Foyer wirkte jetzt kühl, so menschenleer und beleuchtet. Was für ein Aufwand. Er atmete tief durch. Für einen Moment erwog er die Möglichkeit, zu fliehen. Er könnte einfach nach hause gehen. Niemand würde ihn aufhalten. Und die Wahrscheinlichkeit, dass ihm Irina oder dieser Finn wieder begegneten, war gering und selbst wenn: Er konnte irgendeine Ausrede gebrauchen: Mir gings irgendwie nicht so gut. Was wollten sie schon machen. Er war niemandem Rechenschaft pflichtig. Er trat von einem Fuß auf den anderen. Dabei fühlte er einen scharfen Schmerz.

Wenn das nun stimmte, mit der Blutvergiftung. Konnte es sein, dass ein Mann daran in wenigen Stunden sterben konnte. Von daher hätte er sogar einen guten Grund gehabt, nach hause zu fahren. Gott. Da muss doch Jod drauf. Aber ihm fiel ein, dass er keine Straßenbahn-Fahrkarte hatte und auch kein Geld, sich eine zu kaufen. Und zu Fuß würde er es wegen der Verletzung nicht schaffen. Ständig taten sich vor ihm neue Hindernisse auf, nichts wirklich Bedeutendes, aber irgendwie wurde das, was er schätzte, nämlich ein geregelter Ablauf, bei dem er nicht nachdenken musste, ständig gestört. Ich habe eine Scheckkarte und eine Kreditkarte. Er öffnete seine abgewetzte Brieftasche um sich zu vergewissern, dass dem tatsächlich so war.

Geld: das würde ihn retten. Er setzte an, das Foyer zu durchqueren, in Richtung zu den Frauen von der Theaterkasse. Sie sahen zu ihm hin, als er sich auf sie zu bewegte. Der Weg kam ihm weit vor. Wie ein Schwimmer, der einen See überquert und in der Mitte merkt, dass er sich zu vielvorgenommen hat. Das ist es, was passiert, wenn man sich außerhalb seines angestammten Reviers bewegt. Wenn man sich dorthin wagt, wo man sich nicht auskennt. Wenn man anfängt zu denken, statt die Dinge einfach passieren zu lassen.

Vieles in der Welt passiert nämlich von selbst. Ein Außenstehender, der ihn kannte, vorausgesetzt, es hätte eine solche Person gegeben, hätte vielleicht angenommen, dass er einen erheblichen Aufwand trieb, um zu seinen wechselnden Sexualpartnerschaften zu kommen. Dass er die Frauen beobachtete, dass er tausend Tricks und Kniffe, tausend Sprüche kannte, dass er geschickt und clever war, dass er seine Opfer betrunken machte, unter Drogen setzte oder sonst auf eine geheimnisvolle Weise beeinflusste. Das habe ich schon gesagt, sagte Eric, dass ich nicht so der clevere Typ bin. Ich kann mir auch keine tausend Anmach-Sprüche merken, falls es überhaupt so viele gibt. Ich kenn vielleicht drei oder vier. Was ich kann, das ist: Situationen erkennen, in denen alles Weitere von selbst passiert, wenn man nur einen kleinen Anstoß gibt. Das ist alles. Dann kommt der reguläre Ablauf. Im Grunde traurig.

Jedenfalls bin ich kein Künstler und auch kein Psychologe und natürlich setze ich niemanden unter Drogen. Klar, sagt man mal: willst Du noch was trinken. Aber das ist alles. Alles andere passiert von selbst. Das ist so, wie mit diesen alten Blechspielzeugen zum Aufziehen. Sie werden aufgezogen und laufen los. Man kann dabei nicht viel verkehrt machen. Dann ist es praktisch jedes Mal das gleiche. Na ja, Variationen gibt es schon. Aber der eine oder andere wäre überrascht, wie wenige das sind. Sex ist im Grunde langweilig und ich bin, ich sage das jetzt mal ganz ehrlich, ein langweiliger Mensch, der nicht so viel versteht. Deswegen will ich auch nicht so viel nachdenken.

Er hatte die Mitte des Foyers erreicht. Alle Wände waren nun in etwa gleich weit von ihm entfernt. Er musste kämpfen, um den Rest der Strecke zu überwinden. Und das war das Problem: Er war kein Kämpfer. Eher ein Beobachter, der mit einer gewissen Geschicklichkeit Situationen auswählte, die sich für ihn günstig entwickeln konnten. Dies hier war aber keine Situation, die er sich ausgesucht hatte und sie entwickelte sich alles andere als günstig. Er setzte einen Fuß vor den anderen. Dabei kam er sich vor, wie auf dem schwankenden Deck eines Schiffs im Sturm. Übelkeit stieg in ihm hoch. Eine feindselige Welt. Und er: wie auf dem Präsentierteller. Schwankend erreichte er die Mitarbeiterinnen des Theaters. Sie sahen ihn neugierig an, freundlich. Und doch: eine Spur von Ablehnung. Ein merkwürdiger Typ. Einer, der kein richtiger Zuschauer war. Ein großer, ungelenker Mann in einer ausgeblichenen Jacke und mit billigen Sportschuhen.

Gibt es hier einen Geldautomat. Neben der Kasse, war die knappe Antwort. Gehen sie hier durch, dann rechts. Der Vorraum des Foyers war fast dunkel. Eric fühlte sich unwohl, als er ihn betrat, die Angestellten im Rücken. Das ist ja wohl etwas ganz normales, dass man Geld holt, sagte er. Wenn das nicht normal wäre, hätten sie auch keinen Geldautomaten hier angebracht. Andererseits gab es im Theater auch einen Wickelraum, obwohl man mit ziemlicher Sicherheit sagen konnte, dass kein Besucher mit einem Säugling zur Vorstellung kommen würde. Aber das ist ja jetzt nun wirklich egal.

Der Geldautomat war beleuchtet. Der Schlitz, in den die Karte eingeführt werden musste, leuchtete grün. Eric zog die EC-Karte aus der Brieftasche und drückte auf den Knopf Auszahlung. Dann auf zweihundert Euro. Dann wurde er aufgefordert die PIN einzugeben. Er kannte sie nicht. Vor seinen Augen wurde es für einen Moment schwarz. Ihn packte das Entsetzen. Was denn noch alles. Er versuchte sich zu erinnern, wann er zuletzt mit Karte bezahlt hatte. Hatte er überhaupt jemals mit dieser Karte bezahlt. Er konnte sich nur an Barzahlungen erinnern. Jetzt muss ich mich an der Welt festhalten, um nicht zu verschwinden. Ich weiß diese Nummer nicht, weil ich immer nur bar bezahle. Ja, genau so ist es. Ich habe nur im Moment nicht daran gedacht und deswegen einen Schrecken bekommen. Es ist aber nichts wirklich Schlimmes oder gar Unerklärliches passiert.

Auf eine oberflächliche Weise beruhigte er sich. er hatte eine Erklärung. Das reicht ja wohl. Gut, er musste sich fürs erste in sein Schicksal fügen und abwarten, was weiterhin geschah. Ohne Geld in der Tasche und mit den Schmerzen im Fuß konnte er erst mal alles andere vergessen. Er schlenderte an den Angestellten vorbei, mitten ins Foyer und ließ sich auf einen der schwarzen Ledersessel fallen. Aus der Nähe betrachtet wirkten die Ledersitze abgewetzt. Eric schaute hierhin und dorthin. Die Zeit dehnte sich ungeheuer, obwohl es nur noch Minuten bis zum Ende von Struwwelpeter Reloaded sein konnte. Alleine schon der Name. Da hätte ich mir auch was Besseres aussuchen können. Missmutig betrachtete er seine billigen Schuhe, dann eine Reihe Portraits und Bilder an der Wand. Vermutlich Menschen, die sich um das Theater verdient gemacht hatten. Um das Theater als solches, um die Idee des Theaters.

Jetzt hör aber auf. Man wird ja noch ganz irre. Er brauchte einen Punkt, von dem aus er sein Denken stabilisieren konnte. Irgendetwas Vertrautes. Ich bin hier wie auf einem anderen Planeten. Er zog seine Brieftasche und betrachte seinen Ausweis, die EC-Karte, seine Kreditkarte. Das Kleingeld. Warum habe ich nicht daran gedacht. Das Kleingeld reicht, um mit der Straßenbahn nach hause zu fahren. Ich könnte also, wenn ich wollte, diesen unseligen Abend beenden. Es wäre aber ein Eingeständnis, seines Scheiterns. Du meine Güte, dachte er, man kann es auch übertreiben. Ich kann ja erst mal sehen, was weiter so kommt. Die Vorstellung, dass er über mehr als fünf Euro verfügte und damit die Möglichkeit hatte, jederzeit ein Straßenbahnticket zu lösen, gab ihm Sicherheit. Das ist nicht zu unterschätzen, sagte er. Ein Mann mit fünf Mäusen in der Tasche ist ein anderer Mann als einer mit gar nix. Und er sagte halblaut: Das bin ich: Ein Mann mit fünf Mäusen.

IX

Im Hintergrund wurde es laut. Das Stück war zu Ende. Die Zuschauer strömten ins Foyer. Er hätte sich nun umdrehen können um zu sehen, ob Irina kam oder ihr so zumindest zu signalisieren, dass er an einer Fortsetzung des Zusammenseins interessiert war. Er sah aber ungerührt zu der Wand mit den Portraits. Das nennt man Gunst der Stunde. Die Mächte des Schicksals sind auf meiner Seite. Bald würden sich die Ereignisse in eine Struktur finden, die er durchschauen und beeinflussen konnte. Er war ein Meister des Universums. Ein Marionettenspieler. Für die anderen waren die Fäden jedoch unsichtbar. Sie glaubten selbst zu sprechen, selbst Entscheidungen zu treffen. Aber alles stand jetzt in seiner Macht. Wir gehen noch was trinken.

Exakt diese Worte hatte er vorausgesehen. Ich geh mit, sagte er wie beiläufig. Wir gehen ins Xenon sagte Finn. Eric kannte den Laden nur von außen. Hell und schick, Leute, die nicht ganz zu ihm passten. Meinetwegen sagte er. Ich rufe ein Taxi. Finn, dieser merkwürdige Typ stand jetzt neben ihm und hantierte mit seinem Mobiltelefon. Eric lümmelte selbstsicher in seinem Ledersitz. Schade, dass Du so viel versäumt hast, was hast Du überhaupt so lange gemacht. So dies und das sagte er. Sehr cool. Es war klar, dass er von den beiden nicht abhängig war. Finn beäugte ihn misstrauisch, dann bestellte er das Taxi. Eric hatte alles unter Kontrolle. Alles war überschaubar. Das Foyer, die Bar, die jetzt wieder besetzt war, der Barkeeper, die Angestellten von den Kassen, die Bilder an der Wand. Es ist, als hätte ich mir das ausgedacht oder, als wäre alles für mich gemacht. Er betrachtete Irina: blond, gute Figur, eine Frau im besten Alter, oder vielleicht ein wenig darüber hinaus. Finn, ein Idiot, der glaubte, von der Situation zu profitieren. Irina war wie ein Geschenk für ihn.

Man kann sich nicht vorstellen, was er jetzt denkt. Im Grunde bin ich viel cleverer, als die Leute vermuten. Das wird noch was werden. Seine Gedanken verloren sich ins Unnennbare, nichts, was mit Worten ausgedrückt werden konnte. Es blieb eine starke, fast rauschhafte Selbstgewissheit. Er folgte Irina und Finn auf die Straße. Dort fand er sich in einer anderen Welt. Es war kalt, windig und regnete noch immer. Irina schloss ihre Jacke und drückte sich an Finn. Er stand irgendwie mit dabei. Sie redeten nicht und er hätte es auch irgendwie merkwürdig gefunden, die beiden jetzt anzusprechen. So war er in der Dunkelheit auf sich selbst zurückgeworfen. Er trat ungeschickt auf und ein starker Schmerz durzuckte ihn. Immer noch der Fuß. Gott ja. Was hat er denn. Er ist in einen rostigen Nagel getreten. Daran kann man sterben. Finn sagte das einfach so, sachlich, so war das. Wie hast Du das überhaupt gemacht. Keine Ahnung.

Achtung. Hier hätte er etwas erfinden müssen. Im Ernst. Es war kaum nachvollziehbar, dass er diese Verletzung hatte und nicht wusste, woher. Jetzt hatte er einen Fehler gemacht. Ich weiß es wirklich nicht. Es war zu spät, etwas zu erfinden. Das wäre durchschaut worden und somit noch peinlicher gewesen. Irgendwie war ihm als würde er schrumpfen, wie ein Luftballon aus dem die Luft abgelassen wird. Er wusste nicht wie er ins Theater gekommen war. Mit der Straßenbahn. Aber wann hatte er den Entschluss gefasst und warum. Warum war er so schäbig angezogen. Das ist die Jacke, die mir meine Mutter gekauft hatte sagte Eric wie zum Trotz. Wo kamen Irina und Finn her. Warum war er einfach nur mit dabei. Wieso hatte er eine Fußverletzung.

Irina und Finn beachteten ihn nicht weiter. Die nasse kalte Welt schien ihn aufzusaugen. Das darf doch nicht wahr sein. Vor ein paar Minuten war er im Rausch der Selbstgewissheit, aber jetzt war alles verflogen. Irina und Finn unterhielten sich. Irina sprach von sich, freundlich, aber irgendwie bestimmt. Finn gab ihr in allem was sie sagte recht. Ein schmieriger, widerwärtiger Ja-Sager. Er geht den Weg des geringsten Widerstandes. So hätte er auch vorgehen können. Aber er hatte die Kontrolle über die Situation verloren. Betreten sah er zu Boden.

Die Gehwegplatten waren nass und wirkten fast schwarz. Es regnete nicht mehr und die Pfützen, die sich an einigen Stellen gebildet hatten, glänzten wie Spiegel. Wäre er nur klüger gewesen, er hätte etwas sagen können, das die Aufmerksamkeit auf ihn lenkte. Irina und Finn lachten. Eric bekam das Gespräch nur teilweise mit, konnte aber einen Gesprächsfetzen verstehen in dem Finn zum besten gab, wie sehr er starke Frauen verehrte. Wut stieg in ihm auf und verhinderte, dass er einfach in der Dunkelheit verschwand.

Wenn ein guter Mann verschwand, dann war das nicht in dem Sinn zu verstehen, dass er sich in seine Atome auflöste oder mehr und mehr durchsichtig wurde, wie eine Figur, die aus einem Film ausgeblendet wird. Er trat nur zurück, hinter den Vorhang des Seins, in die vorexistenzielle Welt, den Warteraum des Daseins, wie ein Schauspieler, der von der Bühne tritt. Er war dann in einem gewissen Sinn nur noch in Gedanken vorhanden, als eine Ahnung der Welt. Von daher konnte er, wenn sein Einsatz kam, wieder auftreten. In die Welt hinaus. Und wieder dachte er: Jeder Auftritt kann der letzte sein.

Die Wut gab Eric genug Energie, um sein Abtreten aufzuhalten. Aber er hatte auch eine leise Ahnung, dass er den Abend nicht überstehen würde. Drei Taxen näherten sich gleichzeitig. Andere Zuschauer hatten ebenfalls einen Wagen bestellt. Eric dachte daran, dass es nun einen irgendwie gearteten Vorgang geben müsse, der die Fahrzeuge denen, die sie bestellt hatten, zuordnete. Es muss unbedingt so einen Vorgang geben, dachte er, denn zivilisierte Menschen, wie diese Theaterbesucher, werden sich wohl kaum darum streiten, wer wo mitfährt. Dann verlor er aber das Interesse an dem Gedanken und dachte, dass dieser Finn wohl alles regeln würde, da er ja auch in der Taxizentrale angerufen hatte.

Er sah vorsichtig zu den anderen Leuten hinüber, die ebenfalls warteten. Ihm fiel ein merkwürdiger kleinwüchsiger Mann auf, irgendwie jungenhaft aber doch schon älter, dem äußeren Anschein nach vielleicht ein Italiener oder Ungar. Er war in Begleitung zweier attraktiver Frauen. Eric wurde wieder wacher, sein Wahrnehmungsvermögen stieg. In einem gewissen Sinn wurde seine Welt größer. Seine Gedanken umfassten nun alles, was er sehen konnte. Also zumindest den Bereich bis zur gegenüberliegenden Straßenseite. Dort war eine Reihe gut erhaltener Wohnhäuser aus der Gründerzeit. Davor war die Straßenbahnhaltestelle.

Die Dreiergruppe aus dem kleinen Mann und den beiden Frauen unterhielt sich angeregt. Er besah sich den Typen genauer. Manchmal nennt man ja einen älteren Mann scherzhaft alter Knabe, hier aber war das in einem gewissen Sinn Wirklichkeit. Der Kerl hatte einen ungewöhnlich großen Kopf, einen massigen Körper, aber kurze und dünne Arme und Beine und wirkte dadurch von den Proportionen her wie ein Kind. Die Haare waren aber teilweise schon grau. Wie ein Kleinkind, das plötzlich fünfzig geworden ist. Ein unnatürlicher Alterungsprozess. Vielleicht ist er an einem Morgen so aufgewacht. Plötzlich gealtert. Oder aber, umgekehrt, er hatte bei der Geburt schon Kennzeichen des Alters, vielleicht sogar Haare oder ein Fell. Auch er war ein Schauspieler. Er war plötzlich auf der Bühne des Lebens aufgetaucht und hatte nun einen Auftritt. Ein unheimlicher Hanswurst in Begleitung zweier Zirkus-Schönheiten. Illuminiert und existent für den Augenblick. Dann war ihm, als würden Kälte und Regen aufhören zu existieren. Das Unangenehme der Situation verschwand ebenfalls.

X

Wenn jemand keinen Namen hat, wäre es albern, einen Satz zu sagen wie: Der Namenlose sah sich die Häuser auf der gegenüberliegenden Straßenseite an, denn im Grunde wäre der Namenlose dann ja schon wieder ein Name. Jedenfalls wurde die Welt in diesem Augenblick wahrgenommen. Das Theater, die Straße, die Häuser auf der gegenüberliegenden Seite, Finn und Irina.

Das, was hier sehen konnte, ohne selbst gesehen zu werden, war keine bestimmte Persönlichkeit. Es war vielleicht einmal menschlichen Ursprungs gewesen, hatte aber, nach Wanderungen und Wandlungen, nichts wirklich Menschliches mehr. Man konnte noch nicht einmal genau sagen, ob es überhaupt so etwas wie eigenes Leben hatte.

Dieses Ding war normalerweise völlig passiv und verbrauchte keine Energie, etwa so, wie einer, der vor langer Zeit lebendig begraben wurde. Aus seiner passiven Vorexistenz erwachte es, wenn es so etwas wie eine Schwäche spürte. Nicht die Schwäche einer Person, wie die von Eric, der nicht wusste, wie er ins Theater gekommen war und der dazu noch drauf und dran war, sich diese Irina von einem Psycho ausspannen zu lassen. Es war mehr so etwas, wie eine allgemeine Schwäche im Raum-Zeit-Kontinuum. So, als würde man sagen, die Naturgesetze würden im Umkreis von einem Kilometer nur noch zu neunundneunzig Prozent gelten. Das würde die Welt nicht zerstören, aber schwächen und damit auch die Gewissheit, dass bestimmte Dinge zu passieren hatten und andere eben nicht.

Es erschüttert einen gewöhnlichen Menschen, wenn Dinge geschehen. Dinge, die ihrer Natur nach unerwartet sind, die den Regeln oder Gewohnheiten widersprechen oder scheinbar der menschlichen Natur. Dinge, die beispielsweise widernatürlich oder grausam sind. Nur weil der Namenlose keinen Namen hatte, bedeutete das nicht, dass er keine Vorstellung von sich oder der Welt gehabt hätte oder dass ihm alles gleichgültig gewesen wäre. Er konnte, beispielsweise, sehen, Menschen identifizieren und, wiederum beispielsweise, den Abstand zwischen zwei Personen, die er sah, in Metern angeben. Er bemerkte den nachlassenden Regen, den Wind und die niedrigen Temperaturen. Das war kein Frühsommertag in Italien. In einem gewissen Sinn hatte der Namenlose sogar Humor, wenn auch wenig davon und auf eine eher nichtmenschliche Weise. Anorganisch wäre hier das passende Wort.

Aber er fühlte den Körper, in dem er steckte. Dieser Körper war älter geworden. Das war unvermeidbar. Er trat vor eine verglaste und beleuchtete Reklametafel des Theaters und betrachte sein Spiegelbild. Sehr unauffällig, dieser Mann, sah man einmal von der stark verblichenen Windjacke ab, die für einen Besuch im Theater einfach unpassend war. Ich hätte unbedingt eine andere Jacke anziehen sollen, sagte er zu sich. Das Wort ich wurde dabei eher aus Gewohnheit benutzt, als dass es wirklich etwas bezeichnet hätte.

Aber auch so hatte der Namenlose eine Vorstellung, was zu seiner Existenz gehörte und was gewissermaßen außerhalb war. Damit einher ging ein Bewusstsein, was zu dem Körper, also seinem Körper, gehörte und was nicht und wo dessen Grenzen waren. Die Windjacke befand sich definitiv außerhalb seines Körpers. Die anderen Menschen, Finn und Irina ebenfalls. Dann existierte noch eine Reihe von

Gegenständen. Der Namenlose fand sich mehr und mehr in seiner Umgebung zurecht. Er taxierte alles, sah, wo die Risiken waren und er konnte ungefähr abschätzen, was als nächstes passieren würde. Aber ein scharfer Schmerz machte diese Einschätzung der Situation zunichte.

Der Fuß schmerzte höllisch und wenn der Namenlose nun geschwächt wurde, dann nicht wegen des Schmerzes, sondern wegen der Überraschung. Er war davon ausgegangen, dass der Körper vollständig funktionieren würde und dass es damit keine Probleme gäbe. Der Körper schrie leise auf und taumelte, da er das Gleichgewicht verloren hatte. Die Unübersichtlichkeit des Vorgangs lies den Namenlosen wieder zum Beobachter werden. Ihm blieb nichts anderes übrig.

Du meine Güte, was hast Du denn. Der Fuß. Irina sagte: Komm mit, das Taxi ist da. Eric hinkte zu dem Wagen. Finn und Irina stiegen hinten ein, so dass er auf dem Beifahrersitz Platz nehmen musste. Der Taxifahrer startete die Uhr und fragte Eric: wohin. Eric schaute stumpfsinnig. Er hatte mit dieser Frage nicht gerechnet. Der Fahrer war ein schwer einzuschätzender Mann. Wohl vom Balkan. Er kann sich vermutlich gut verteidigen, wenn es darauf ankommt, aber ob er wirklich versteht, wie fragil seine Existenz ist. Er existierte, wenn man es genau nahm, nur für einen Augenblick, für die Zeit der Fahrt. Das ist der Sinn seines Lebens, dachte Eric. Und wieder war ihm, als würde er das Ende dieses Abends nicht erleben. Auch meine Zeit ist begrenzt.

Ins Xenon, kennen sie das. Finns Stimme klang jetzt selbstsicher, beinahe selbstgerecht. Ein Psycho, der sagt, wos lang geht. Und die ganze Zeit hat er sich verstellt, dachte Eric.

Er ist irgendwie nicht ganz bei sich, sagte Finn halblaut zu Irina. Der Taxifahrer betrachtete Eric misstrauisch von der Seite. Dann fuhr er los. Der Wagen war verhältnismäßig neu, eine Art Mini-Van. Der Motor leise, aber die Schaltpunkte des Automatik-Getriebes unangenehm spürbar. Das Taxi ordnete sich in den Verkehr ein. Zwei Spuren in jede Richtung. Die Straße gut ausgeleuchtet. Jetzt war kein Berufsverkehr mehr. Eric fühlte sich unwohl.

Irina und Finn sprachen leise miteinander. Er wurde nicht in das Gespräch einbezogen. Zudem hätte er sich umdrehen müssen, um irgendwie in diese Kommunikation einzusteigen. Auch glaubte er zu erkennen, dass der Taxifahrer mit den beiden auf dem Rücksitz sympathisierte, ihn aber für einen Verrückten hielt. Dabei ist es ja gerade anders herum, sagte er zu sich selbst. Ich bin doch hier der Normale und das ist der Psycho.

Und tatsächlich, betrachtete er sein Leben, war darin nichts vorgekommen, das man als extrem oder unnormal hätte bezeichnen können. Einfach nichts, sagte Eric. Gut, er war ein Typ, der manchmal abends ausging um Frauen abzuschleppen. Man verzeihe an dieser Stelle nochmal die etwas altmodische Ausdrucksweise, sagte Eric. Aber er war kein Perverser. Da hat sich noch nie jemand beschwert. Er hatte es im Leben nicht gerade weit gebracht. Eine normale Angestelltenposition. Aber immerhin. Der Job war so langweilig, dass er sich nicht erinnern konnte, was er da eigentlich machte. Aber er bekam Geld dafür. Seine Wohnung: nichts Besonderes, aber auch keine Bruchbude. Meine Eltern, meine Kindheit, nichts Besonderes! Ich sags doch.

Nur die Jacke sollte er so langsam mal wegwerfen. Sie war einfach zu schäbig. Die hat mir meine Mutter noch gekauft. Eigentlich habe ich schon lange nicht mehr an meine Mutter gedacht. Aber das ist ja auch normal. Ich bin Mitte Vierzig. Da ist das irgendwie weit weg. Ich habe meinen Job und ab und zu amüsiere ich mich. Das ist alles. Zum Teufel, dachte Eric, wieso und vor wem rechtfertige ich mich eigentlich. Es war ihm unangenehm, dass er irgendwie so isoliert war und dass seine Gedanken um sich selbst kreisten. Da gibts Leute, die sind verrückt geworden, weil sie zu viel über sich selbst nachgedacht haben. Man weiß ja auch nie, was dabei herauskommt.

Machen Sie das schon lange, fragte er den Taxifahrer. Was. Taxi fahren. Der Mann schien zunächst seine Frage nicht zu verstehen. Vielleicht tat er aber auch nur so, weil Eric ihm damit zu nahe getreten war. Wie kann man denn mit einer solchen Frage jemandem zu nahe treten. Schwerfällig und unzusammenhängend kam eine unklare Antwort. Der Mann war Kroate, das Taxi gehörte wohl seinem Bruder und er tat so dies und das und das irgendwie und immer mal wieder. Und ein Misstrauen war spürbar. Gott, dachte Eric, ich bin doch nicht von der Steuerfahndung. Schöner Wagen, sagte er. Hm, ja, ja, brummte der Kroate. Das Taxi fuhr in eine dunklere Seitenstraße. Die Räder rumpelten über Kopfsteinpflaster. Ein unbeleuchteter Radfahrer tauchte für eine Sekunde im Licht der Scheinwerfer auf. Der Wagen ist einfach zu hart gefedert für den Taxi-Betrieb. Man spürte jeden einzelnen Kopfstein. Der Fahrer nahm Tempo weg.

Eine dunkle Straße, noch dazu verkehrsberuhigt. Ist das hier richtig. Noch bevor Eric den Gedanken, jetzt hab ich wohl den Taxifahrer beleidigt, zu Ende denken konnte, konterte Finn vom Rücksitz her: Klar, der Mann weiß was er macht.

Der Fahrer nickte gefällig. Die Taxi-Uhr zeigte schon über zwölf Euro und Eric wurde klar, dass der Fahrer am Ende der Fahrt ihn zu bezahlen auffordern würde, einfach, weil er vorne saß. Das wäre dann peinlich. Er musste sich irgendetwas einfallen lassen um das Heft der Handlung wieder in die Hand zu bekommen. Irgendwie musste eine Situation entstehen, die er kannte und mit der er etwas anfangen konnte. Irina und Finn verstanden sich, zumindest dem Anschein nach, gut. Er war das fünfte Rad am Wagen.

Wie gut können die sich denn schon verstehen, die haben sich ja gerade kennengelernt. Und der ist echt ein komischer Vogel. Nur waren es eben die Umstände, die dazu geführt hatten, dass er der komische Vogel war. Das ist total bescheiden gelaufen, das waren irgendwie Zufälle, ich bin ja sonst auch kein Außenseiter. Ich meine, selbst wenn ich ein Außenseiter wäre, was wär da schlimm dran. Dann schien alles zu erstarren, wie wenn die Zeit kaum noch vergehen würde und er sah die Welt mit anderen Augen. Schlechte Schauspieler, Marionetten, die ihren Auftritt hatten. Nur dass sie nicht wussten, dass irgendwo die Fäden gezogen wurden. Der Körper hatte eine Beschädigung. Einer der Füße war von einem Nagel durchbohrt worden. Davon abgesehen war er nicht schlecht: groß und schlank, ansatzweise athletisch. Das sollte reichen. Finn und Irina waren Ja-Sager und Mitmacher. Der Taxifahrer ein Idiot. Das war nur eine Bestandsaufnahme.

Die Zeit verging wieder mit normaler Geschwindigkeit und Eric versuchte nicht mehr mit dem Taxifahrer ins Gespräch zu kommen. Der Wagen rollte in die Straße, in der sich das Xenon befand. Hier war wieder etwas mehr Licht und Verkehr, auch war die Straße breiter. Man konnte jetzt die Leuchtstoff-Röhren sehen, die den Namen Xenon formten.

Vor dem Eingang war kein Parkplatz frei, neue und teure Autos parkten hier. Die Taxe hielt in zweiter Reihe mit laufendem Motor. Die Innenbeleuchtung ging an. Das macht dann Fünfzehn Achtzig. Hier sind Zwanzig, der Rest ist für sie. Finn reichte den blauen Schein von der Rückbank nach vorne. Vier Zwanzig sind echt zu viel. Und wie er sich umgeschaut hat, ob auch ja jeder seine Großzügigkeit mitbekommt.

So was krieg ich in jedem Fall mit. Wenn er jetzt schon mit Trinkgeld beeindrucken will, dann stimmt was nicht. Der ist nicht nur unsicher. Der Fahrer steckte den Schein in seine Börse. Ich meine, was ist das überhaupt für ein Typ. Ein Perverser. Ich meine damit nicht einen Normal-Perversen, sondern einen Pervers-Perversen. So einer, der im Keller von einem Haus wohnt, das seiner Mutter gehört. Der guckt den ganzen Tag Pornos und onaniert und stellt sich dabei sonst was vor. Und jetzt hat er eine Muschi einen Handbreit vorm Gesicht. Da hat er Panik, dass ers verpatzt. Er will nichts verkehrt machen.

Eric öffnete die Beifahrertür. Finn saß hinten auf der Fahrerseite. Er stieg, als es der Verkehr erlaubte, schnell aus, rannte hinten um das Taxi herum und öffnete Irina die Wagentür. Du meine Güte. Was für ein Arschloch. Solche Typen kenn ich, sagte Eric, ehrlich, das sind die Schlimmsten. Man kann sich nicht vorstellen, was die mit einer Frau machen würden, wenn sie eine in die Finger bekämen. Nur, sie kommen praktisch nie so weit. Aber wenn, dann ists ne Katastrophe.

Diese glänzende Analyse der Situation ließ in Eric das Selbstbewusstsein wieder wachsen und die Hoffnung, den Abend doch noch zu seinen Gunsten wenden zu können. Mit schmerzendem Fuß und Fünf Euro Münzgeld in der Tasche folgte er Irina und Finn. Komm ich lade dich ein, hatte Finn gesagt um damit seine Großzügigkeit noch zu steigern. Alles in allem in meinem Sinne.

XI

Der Eingang zum Xenon erinnerte an ein Kino, das es auch tatsächlich einmal gewesen war. In einem Vorraum gab es einen Empfang und eine Garderobe, aber keine eigentliche Einlasskontrolle. Irina gab ihren Parka ab, Finn seinen leichten dunkelblauen Mikrofaser-Mantel. Eric behielt seine ausgeblichene Windjacke an.

Der Teppichboden in diesem Foyer war weinrot, einige gusseiserne Säulen vergoldet. An den ebenfalls weinroten Wänden hingen Plakate klassischer Filme: Casablanca, King Kong und die weiße Frau. Na, jetzt lerne ich das auch mal kennen, dachte Eric. Drei doppelte Schwingtüren, schwer und aus blankem Metall führten ins Innere. Von der Garderobe kommend, verlangsamte Finn seine Schritte. Er sah sich um. Er will den Augenblick, da er für seine Großzügigkeit geehrt wird, ausdehnen, dachte Eric. Er genießt es. King Kong. sagte Finn. King Kong. sagte Irina. Den hab ich gesehen, sagte Eric, aber Finn und Irina beachteten ihn nicht. Diese Atmosphäre. Ja, diese Atmosphäre. Sie plappern sich gegenseitig nach, wie Papageien. Missmutig schaute sich Eric um. Gut, jetzt bin ich also hier. Es ist immerhin besser als gar nichts. Aber wie gehts jetzt weiter.

Die Eingangstür öffnete sich, ein Geschäftsmann mit einer unangemessen jungen Begleitung kam herein und mit den beiden ein kalter Luftzug. Eric fror. Verdammt kalt. Man muss es sich das einmal vorstellen: da verlässt einer seinen Körper, vielleicht, weil die Schmerzen zu groß sind, und ist dann unterwegs. Ohne den Körper reist er leicht und weit.

Aber er beginnt, sich zu verwandeln, da die Bindung an das Menschliche schwindet. In einem gewissen Sinn sieht er hinter die Dinge. Er ist irgendwo, noch hinter der Vorexistenz, dort, wo die Dinge aus dem Nichts entstehen. Aus der anorganischen Reinheit entsteht eine neue Art von Wechselwirkung mit dem Materiellen. Er ist jetzt ein Geist. Aber man kann es sich kaum vorstellen. Selbst wenn ich mir Mühe gebe, kann ich mir so etwas nicht vorstellen, sagte Eric. Da kann man doch nicht drüber nachdenken, ohne verrückt zu werden. Der Teppichboden hier oder die vergoldeten Säulen, das ist etwas, worüber man nachdenken kann. Da weiß man wenigstens, woran man ist. Aber warum sollte ich ausgerechnet über einen Teppichboden nachdenken. Finn und Irina schauten ihn überrascht an, denn er hatte laut gesprochen. Ich finde, wir sollten rein gehen.

Für einen Moment zögerten Finn und Irina, sie überlegten wohl, welche der drei Eingänge sie nehmen wollen. Eric schritt auf die mittlere Tür zu. Dabei konnte er sehen, dass sich die frei schwingenden Türflügel leicht bewegten. Das kommt wohl vom Luftzug, dachte er. Und: Hier ist doch klar, dass man durch die mittlere Tür muss. Musik war leise zu hören. So etwas wie Easy Listening. Er fühlte sich sehr selbstsicher. Im Grunde bin ich jemand, dem nicht wirklich etwas passieren kann. Er öffnete einen der Türflügel, verlangsamte seinen Schritt und ohne sich umzudrehen hielt er die Tür noch etwas geöffnet, so dass seine Begleiter folgen konnten.

Das Xenon war so ziemlich das Gegenteil der heruntergekommenen Kneipen in denen Eric üblicherweise verkehrte. Der ehemalige Kinosaal war hell und weich erleuchtet, Wände und Boden cremefarben. In der ersten Hälfte des Raumes war mittig eine Bar, hinten eine

Tanzfläche, die Tische an den Seiten, oben eine Beleuchterbrücke. Eric sagte: hier wird man wohl nicht platziert. Aber er überließ Finn die Auswahl des Tisches. Er fühlte sich sicher. Es war offensichtlich, dass er die Situation im Griff hatte. Und doch war, fast unmerklich die Vorstellung da, dass das eigentlich so nicht sein sollte. Er hatte seine schäbigste Jacke an, fünf Euro Münzgeld in der Tasche und kannte sich hier nicht aus. Da sollte ich mich ja nicht gerade fühlen wie Graf Koks.

Er schaute sich um: Studentinnen, gut, aber zurückhaltend gekleidet, junge Banker, Nerd-Girls, ein Typ in einer Lederjacke, ein feister Geschäftsmann. Alles in allem lässig, aber mit Niveau. Den Laden muss ich mir merken, sagte Eric, falls ich mal was anderes machen will. Gut, dass ich mich darauf eingelassen habe. Da sieht man mal wieder, dass ich doch ganz schön was drauf habe. Mal über den Tellerrand schauen. Zack. In die Straßenbahn steigen und zum Theater fahren und dann einfach sehen, was passiert.

Das könnte der Beginn einer wunderbaren Freundschaft sein, sagte Irina. Finn rückte ihr den Stuhl zurecht und sagte: Casablanca. Der Namenlose sah durch die Augen des Körpers und hörte mit seinen Ohren. Er nahm die Organismen in seiner Umgebung wahr. Von ihnen ging aktuell keine Gefahr aus. Er schätzte ihre Gehirne als nicht besonders leistungsfähig ein. Trotzdem blieb er vorsichtig. Er wollte auch Eric noch eine Weile leben lassen. Es wäre für ihn zu anstrengend gewesen, die komplette Steuerung des Körpers zu übernehmen und sich jetzt schon völlig auf die laufende Kommunikation einzulassen. Er unterstützte ihn, lenkte ihn und gab ihm Hinweise. Fast berauscht von seiner neuen Selbstsicherheit sagte Eric: Filme. Und nachdem er die Aufmerksamkeit hatte: Ihr kennt doch sicher Filme, bei denen irgendwelche Leute in ein Haus geraten, wos spukt. Horrorfilme. Poltergeist zum Beispiel, sagte Finn. Das muss doch unheimlich sein, wenn so etwas in Wirklichkeit passiert. Wie meinst du das, fragte Finn. Ich meine, wenn man in ein Haus kommt und man merkt: dort spukt es, das ist doch unheimlich. Ja, klar. Irina sah ihn fragend an. Worauf wollte er hinaus. Und wisst ihr, was noch unheimlicher ist, als in ein Spukhaus zu geraten. Kurze Pause: dann: Wenn man selbst das Gespenst ist.

Irina und Finn sahen ihn entgeistert an. Du machst mir Angst, sagte sie. Das kann sich doch niemand vorstellen, wie das ist, ein Geist zu sein, entgegnete Finn. Eric merkte: das ist über ihrem Niveau. Dunkel verstand er auch, dass es über seinem war. Eine geistreiche Bemerkung und er verstand sogar die doppelte Bedeutung des Wortes geistreich in diesem Zusammenhang. Als wäre er ein neuer Eric. Aber das ist natürlich Unsinn. Es ist einfach so, dass es mit dem Denken so ist, wie mit allen anderen Dingen, die man machen kann: es läuft mal schlechter und mal besser. Ein blindes Huhn findet eben auch mal ein Korn. Man kann nicht glauben, was es alles für Zufälle gibt. Und mal angenommen, es würde so was, wie einen neuen Eric geben, was würde dann mit dem alten Eric passieren, würde der einfach verschwinden.

Er betrachtete eine Schraube, mit der eine Metallleiste an dem Designtisch festgemacht war, an dem sie saßen. Eine ganz normale Schraube. Verschwindet sie etwa. Das ist ein gutes Beispiel. Sie hält sich durch ihre Form und Funktion in der Welt fest. Man kann sie nicht ohne weiteres loswerden.

Ein Geist, sagte Irina, wenn man ein Geist wäre, dann könnte man durch Wände gehen, aber man könnte keinen Sex haben, so ganz ohne Körper. Ja, sagte Finn, das wäre doch ein ziemlicher Nachteil. Was ist das überhaupt, ein Geist. Das ist eine Frage, auf die die Antwort gar nicht so einfach ist. In jedem Fall existiert der Geist in anderer Weise, als die Materie. Hier das Geistige, dort das Materielle. Von daher die etwas voreilige Bemerkung von Irina, ein Geist oder Gespenst hätte den Nachteil keinen Sex haben zu können. Sieht man einmal davon ab, dass Sexualität auch eine geistige Dimension hat, ist es doch so, dass der Geist in irgendeiner Weise mit der Materie in Wechselwirkung treten muss, damit er wahrgenommen werden kann. Selbst wenn er sich ein Bettlaken überwirft, wie in der kindlichen Vorstellung von einem Burggespenst, muss das Bettlaken ja aus irgendeinem Grund auf dem Geist haften. Es fällt nicht durch ihn hindurch. Auch ein Poltergeist könnte sonst nicht poltern.

Im Unterschied zu einem Menschen ist die Wechselwirkung mit der Materie aber geringer und ein weiterer Unterschied ist, dass der Geist nicht einfach so da ist. Er erscheint aus einem bestimmten Anlass, um eine bestimmte Uhrzeit, zur Geisterstunde oder auf ein bestimmtes Schlüsselwort hin, wenn er, beispielsweise, beschworen wird.

Die Bedienung trat an ihren Tisch. Sie sieht aus, als wollte sie am Sonntag in einen protestantischen Gottesdienst. Meine Sinne sind geschärft, dachte Eric. Es ist wie in diesem Lied, einst war ich blind und jetzt kann ich sehen: Die Bedienung in ihrem grauen Kleid, hochgeschlossen und über Knie lang. Im Gegenlicht ansatzweise durchscheinend. Schlank, flache Brüste, rote Locken, bernsteinfarbene Augen. Jetzt verstehe ich die Welt. Selbstbewusst schaute er Irina, Finn und die Bedienung an. Ich wurde zu einem Sehenden und von einem Sehenden zu einem Wissenden. Es kam ihm vor, als würde er alles über diese Menschen wissen und auf eine gewisse Art schien dieses Wissen auch so etwas wie ihre Bestimmung oder ihr Schicksal zu umfassen. Die Dame zuerst, sagte Finn. Ja, das war zu erwarten. Es entspricht den Konventionen und bis jetzt hat sich ja gezeigt, dass dieser Perverse durchaus einige Umgangsformen hat. Er versucht, zu beeindrucken und zu gefallen. Das geht natürlich nur bis zu dem Punkt, wo das Perverse praktisch aus ihm herausbricht. Entweder weil der Zeitpunkt günstig ist und er sich nicht mehr verstellen muss, oder weil er es einfach nicht mehr schafft, seine perversen Triebe zu kontrollieren. Könnte er das, also seine Triebe kontrollieren, dann wäre er ja auch kein richtig Perverser.

Irina bestellte einen Aperitif. Finn, ein wenig überrascht: das Gleiche. Ein Opportunist. Was wollte er dadurch gewinnen. Irina ist eine Frau, die an einem Mann Stärke schätzt, eine gewisse Dominanz. Dieses Sich-Anbiedern war vermutlich Teil seiner Perversion. Es war widerlich. Von daher war es auch nicht gerade angenehm, diesen Menschen, oder allgemeiner gesagt, diese Lebensform zu durchschauen. Eine Art Schleimpilz dessen rudimentäres Nervensystem alle möglichen Abartigkeiten hervorbrachte. Von daher ist es meistens besser, sagte Eric, wenn man über andere Menschen nicht zu viel weiß. Ein paar Biere, ein One-Night-Stand und gut ist. Das hat nichts mit geringer Intelligenz oder schlechtem Charakter zu tun. Ich weiß einfach, wo die Grenzen sind, was geht und was nicht. Sonst könnte man ja leicht verrückt werden oder zum Mörder.

Er bestellte ein Bier aus China. Der Laden hier, sagte er, hat eine angenehme Atmosphäre. Ja, wirklich. Wirklich angenehm. Es ist wohl ganz bewusst das Gegenteil einer verräucherten Kneipe. Das war klug beobachtet von Finn. Was sucht eigentlich jemand in einer solchen Kneipe. Dabei warf er einen scheelen Seitenblick auf Eric, von dem er wohl annahm, er würde sich in solchen Bierkneipen besser auskennen. Vielleicht auch um unterschwellig anzudeuten, Eric würde besser in eine Kneipe passen und das Xenon sei zu niveauvoll für ihn.

Vorsicht, sagte Eric, auch wenn er pervers ist, ist er doch irgendwie schlau. Was meinst Du, was jemand in so einer richtig heruntergekommenen Kneipe sucht. Sex, sagte Finn. Sex in seiner niedrigsten, widerwärtigsten und abstoßendsten Form. Das wäre denkbar. Eric schaute sich um. Dies war ein guter Ort. Der hell-beige Teppichboden, die zurückhaltend verchromte Bar, die Musik leise, das Licht warm, aber hell. Es war ein Ort, an dem nichts verborgen war. So kann man das sehen, sagte Eric. Selbstgefällig wandte er den Blick von den beiden ab und lies ihn durch den Raum schweifen. Die Leute an den Nachbartischen, der Barkeeper, die Tanzfläche auf der zwei junge Frauen miteinander tanzten. Weil dann niemand mehr etwas sagte, fuhr er fort: Und natürlich gibt es auch Gründe, warum es diese dunklen Bereiche gibt. Keiner will immer alles sehen. Und illegal ist es auch nicht, wenn man, beispielsweise, sagt: zu mir oder zu dir. Irina sah ihn an: Du hast etwas Dunkles in den Augen. Darauf folgte eine Zeit schwer zu schätzender Länge in der sie schwiegen, bis Finn ansetzte: Das Geheimnisvolle... aber durch die Bedienung unterbrochen wurde, die die Getränke brachte. Eric dachte: Wie eine Klosterschülerin. Und das soll wohl auch so sein. Sie soll die Fantasie anregen. Wer immer sich das ausgedacht hat, wusste, was er macht.

Finn prostete ihm zu. Bier, fragte Irina. Wegen der proletarischen Herkunft. Es passt. So, wie überhaupt heute Abend alles passt. Eric sagte: zwischendrin hab ich ja echt die Panik gekriegt. Ganz weit weg von zu hause. Jetzt sieht man aber worauf alles hinausläuft. Das ist so eine Situation. Wie eine manipulierte Billardkugel. Ein aufgezogenes Blechspielzeug.

XII

Aber zum Schluss war es dann doch alles andere als vorhersehbar, sagte Eric. Das ist aber nicht schlimm. Im Grunde beweist es ja nur, dass ich ein Mensch bin, so, wie alle anderen und alles andere als eindimensional und das war es dann auch irgendwie wert. Abserviert von dieser Russin mit dem runden Hintern. Das ist in ein paar Tagen vergessen. Ich war im Theater und dann noch in diesem merkwürdigen Laden. Und die fünf Euro Münzgeld habe ich auch immer noch. Jetzt müsste ich nur noch eine Straßenbahnhaltestelle finden oder meinetwegen auch eine Haltestelle von einem Bus.

Die Straße war kaum beleuchtet. Eine undefinierbare Gegend. Ja, undefinierbar ist hier wohl das richtige Wort, sagte Eric. Da waren Einfamilienhäuser und Gärten, sonst nichts. Das ist irgendwie krass. Keine Kneipen. Noch nicht einmal eine Tankstelle. Eine Tankstelle, dachte er, das wär was. Fast formte sich der Gedanke: Habe ich eigentlich ein Auto. In seiner Brieftasche waren ein Führerschein und ein Fahrzeugschein. Das kläre ich irgendwie später, sagte Eric, ich hab was getrunken und wahrscheinlich ist schon drei durch.

Er blieb stehen und lauschte. Er dachte, er könne vielleicht aus irgendeiner Richtung Verkehrslärm von einer Hauptstraße hören oder die Geräusche einer Straßenbahn. Es war aber still. Die Luft roch nach Wald. Klar, sagte Eric, morgens um drei. Er humpelte weiter. Scheiße, das mit dem Fuß. Da bin ich irgendwo reingetreten. Ein leichter Wind kam auf und er begann zu frieren in der feuchten Waldluft. Seine Jacke war, für die Jahreszeit, einfach zu dünn.

Warum hab ich die nicht schon längst weggeworfen? Ihm war, als hätte er diese uralte Mikrofaserjacke schon einmal in eine Mülltonne gestopft. Die ist noch von meiner Mutter, sagte Eric, aber im Allgemeinen bin ich ja nicht so sentimental. Er hatte diese Jacke schon mehrmals gewaschen. Dadurch hatte sie einen rötlichen Ton bekommen. Ursprünglich war sie tief schwarz gewesen.

Mit so einer Jacke kann man eigentlich nichts verkehrt machen. Sie ist unauffällig und in einem gewissen Sinn neutral gegenüber dem Universum. Ich will nicht, dass jemand sagt: was ist denn das für ein Typ, in dem Anzug oder in der Lederjacke. Es ist nicht gut, wenn man auffällt. Im Leben kommt es eben auf zwei Dinge an: Man muss sich an der Welt festhalten, als Schauspieler auf der Bühne bleiben, wenn ich das mal so im übertragenen Sinn sagen darf und dann darf man das aber nicht zu sehr machen, nicht mit Nachdruck oder Gewalt, also hoppla, jetzt komm ich, dass alle hersehen oder so. Aufmerksamkeit erregen. Wer hoch fliegt, kann tief fallen. Es ist besser, man bleibt dort, wo niemand so richtig hinschaut.

Mit dieser gedanklichen Selbstdarstellung als jemand, der genau weiß, was Sache ist, gewann er Selbstvertrauen und weder die Kälte, noch die Tatsache, dass er weder wusste, wo er war, noch, wie er dorthin gekommen war, beunruhigten ihn. Das wird ja wohl nicht so irgendwas besonderes sein. Ich bin ja nicht in Botswana oder so. Er setzte einen Fuß vor den anderen, auf den schwarzen, nassen Gehwegplatten. Irgendwo komm ich dann schon raus.

Er erreichte eine Kreuzung, aber es ergab sich keine neue Perspektive. Die Siedlung wirkte gleichförmig, nach allen Richtungen. Das sah auch nicht so aus, als würde da ein Bus fahren. Diese Welt war ruhig, nass und kalt. Und doch wohnen da Familien, sagte Eric, sonst würde es ja nicht Einfamilienhäuser heißen. Er sah in die Vorgärten. Im Grunde konnte er es sich aber nicht wirklich vorstellen, was es bedeutete, wenn eine Familie in einem Haus lebte. Nicht, dass ich mir das gar nicht vorstellen kann, sagte Eric, es weiß ja wohl jeder, was eine Familie ist.

Für mich hat sich die Frage eben nie gestellt. Ich hatte ja nie so was wie längere Partnerschaften. Das hat einfach nicht geklappt, aber auch sowas ist ja normal. Ich bin ja kein Sonderling oder so was wie ein Perverser, wie dieser Finn beispielsweise. Gott, mir läuft es jetzt noch eiskalt den Rücken runter. Wenn man es genau überlegt, dann dürfte so einer gar nicht leben. Was aber wirklich krass ist, das sind diese Frauen, die auf diese Perversen abfahren. Ja, echt, das gibts.

Vorerst standen aber andere Dinge im Vordergrund. Ich kann ja nicht ewig hier rumlaufen. Schon wegen dem Fuß, wo ich irgendwie in irgendwas reingetreten bin. Da ist es dann auch egal, was diese Perversen machen und diese Frauen, die vielleicht genauso pervers sind. Genau weiß man das ja sowieso nicht. Ein Taxi wär jetzt recht, aber das kann ich hier ja vergessen. Wieso habe ich eigentlich kein Telefon dabei.

Für einen Augenblick überlegte er, ob er einfach irgendwo klingeln sollte und fragen: Kann ich mal telefonieren und welche Konsequenzen das dann hätte. Vielleicht rufen die die Polizei. Ich hab ja nie groß was mit der Polizei zu tun gehabt. Es gab nur einen Vorfall in seiner Jugendzeit. Da war was, sagte Eric, da hat mich irgendwie Marie angestiftet. Das war Politik. Und dann ist es auch so: Ich kenn ja keinen, den ich anrufen könnte.

Irgendwo, in der Ferne, hörte er ein Auto. Vielleicht in der Parallelstraße, falls es hier so was gab und ihm war, als höre er Stimmen. Er war sich aber nicht sicher. Ich kann ja auch schlecht einen fragen, ob er mich nach hause fährt. Aber zumindest, wos Richtung Innenstadt geht. Wer weiß, wo ich noch lande. Sein Mut sank. Wie lange war es noch bis zur Morgendämmerung. Wann würde er jemandem begegnen, den er nach dem Weg fragen konnte.

Dann meldete sich seine Blase. Gott, dachte er, ich muss pinkeln. Gebüsch gibts ja genug, aber das sind alles irgendwie Gärten oder so. Na ja, dachte er es ist ja auch keiner unterwegs. Er ging in eine Einfahrt die auf dem Tor einer Doppelgarage endete. Da wird jetzt ja nicht gerade Batman rauskommen. Und er musste bei dem Gedanken innerlich lachen. Das wäre eine gute Tarnung für die Bat-Höhle. Und auffallen würde hier noch nicht einmal das Bat-Mobil, weil die Leute hier spätestens um zehn in der Falle lagen. Selbst die Kinder hier werden vorher gezeugt, sagte Eric und er pinkelte vor der Garage an die Wand.

Als er fertig war, legte sich eine Hand auf seine Schulter. So ist das, wenn man für einen Augenblick nicht wachsam ist. Kann mir doch keiner sagen dass sich ein Mann, oder sagen wir allgemein, eine Person, auf einem Betonboden völlig lautlos bewegen konnte. In dieser Stille musste man ja sogar jemand atmen hören. Das kommt, sagte Eric, wenn man nicht aufpasst. Wenn man zu selbstsicher ist, zu selbstgerecht. Es gibt keinen Grund, sich in der Welt zu fürchten.

Normalerweise passiert ja auch nicht viel, aber man kann eben nie wissen.

Als er sich halb umgedreht hatte bekam er einen schmerzhaften Fausthieb in die kurzen Rippen. Das tat höllisch weh. Scheiße, sagte Eric. Wieder hatte er nicht aufgepasst. Er hätte nicht gedacht, dass ihn der Typ sofort angreifen würde und dann noch so professionell. Normal wäre gewesen, wenn er etwas gesagt hätte, wie, hey du da, wieso pisst du an mein Haus. Oder Schweinerei. Was ist denn da los. Sagte eine Stimme weiter entfernt. Kräftig, befehlsgewohnt, wie von einem Offizier. Das ist hier Privatgelände sagte der Typ, der ihn geboxt hatte. Das hörte sich gepresst an, als könne er sich kaum zurückhalten, weiter zuzuschlagen.

Eric konnte sich kaum aufrecht halten und nahm die Arme schützend hoch. Lass den, sagte der Alte mit der Offiziersstimme. Der Schläger federte auf seinen Beinen wie ein Boxer. Dann blieb er ruhig stehen. Er wirkte jetzt nicht mehr aggressiv. Er schien nur zu beobachten was weiterhin geschah. Ich geh schon, murmelte Eric, der sich halb aufrichtete. Der Schlag in die kurzen Rippen schmerzte noch. Gott, sagte Eric, tut das weh.

Was dann passierte, ging so schnell, dass er es erst hinterher, gewissermaßen als Rekonstruktion wahrnahm. Erinnerungen sind immer ein Konstrukt aus der Gegenwart in die Vergangenheit. Es sind keine Daten und Fakten, die wir registrieren, sondern Geschichten, die wir uns erzählen. Moment mal, sagte Eric, da stimmt doch was nicht. So rede ich doch gar nicht. Ganz bestimmt nicht so, als wäre ich so ein verdammter Psychologie-Professor. Sowas würde ich doch gar nicht kapieren und wenns mir einer erklären würde.

Dann waren da noch die Farben. Warme, weiche, leuchtende Farben.

Gott, sagte Eric, hat das schon mal jemand gesehen. Ein Gelb, das hell und dunkel zugleich ist. Ich meine das jetzt im Ernst. Und ja, ich hab die Faust nicht kommen sehen. Der Typ stand da als wär er völlig entspannt. Dann hat er blitzschnell zugeschlagen. Mit der Faust mitten auf die Stirn. Da hatte ich keine Chance, ich hab mir ja noch die kurzen Rippen gehalten. Dann hat der Typ, also der Schläger, noch mal gesagt, verpiss dich und da gehts lang, da gehts in die Stadt und der Alte hat gebellt wie ein Hund: lass den oder willst du Ärger, der geht schon.

Eric taumelte weiter. Was soll ich auch machen. Ein Fuß vor den anderen, so, wie einer der weiß, was er will. Hätt ich jetzt nicht gedacht, dass der Abend so endet, erst abserviert und dann noch fett aufs Maul. Ich bin übrigens nicht zu Boden gegangen. Irgendwie war ich weg, aber ich bin nicht umgekippt. Ein kleiner Triumph. Aber das ist nicht meine Welt. ich bin kein Kämpfer. Mir tut alles weh.

Und merkwürdig ist es ja schon: ich war voll weg, bewusstlos, aber ich bin nicht umgekippt. Das ist wahrscheinlich so was, wie bei den Hühnern. Da ist es ja auch so: hackt man ihnen den Kopf ab, dann rennen die noch eine Weile rum. Meine Mutter hat mir das erzählt. Die war früher in einer Landwirtschaft. Was weiß ich wann, Irgendwann vor, nach oder während dem Krieg. Die haben das zum Spaß gemacht. Huhn auf den Hackklotz, Kopf ab und dann laufen lassen.

Vor dem Krieg, sagte Eric, man denkt, das ist ewig lang her. Und wirklich, ist es auch. Aber trotzdem hat das noch seine

Auswirkungen. Man muss politisch denken, um das zu verstehen. Man kann sich nicht vorstellen, was die damals mit den Leuten gemacht haben. Mit den eigenen Leuten meine ich. Nicht mit den Russen oder Juden. Das war ja noch schlimmer. Meine Mutter, irgendwo in Frankreich und mein Vater als Hitlerjunge an der Ostfront, Panzerfaust, letztes Aufgebot.

Was sind denn das jetzt für Geschichten, sagte Eric, mein Vater ist doch keine hundert Jahre alt. Für einen Moment versuchte er sich vorzustellen, wann und wo sein Vater gelebt hatte, als Kind und als Jugendlicher, aber die Vorstellung konkretisierte sich nicht. Sein Vater erschien ihm, wie auch seine Mutter alterslos. Wann immer er an sie dachte, schienen sie das selbe Alter zu haben. So, wie Comic-Figuren, die normalerweise ja auch nie altern. Es war absurd. Mein Vater war nie bei der Hitlerjugend, sagte er. Vielleicht war das ja mein Großvater.

Und das waren die, gegen die man kämpfen muss. Die Nazi-Väter. Ich habe meinen Vater nie gehasst, sagte Eric. Damit sind eher so Typen gemeint, wie der Vater von dem Schläger. Offizier, preußisches Junkertum, bellende Stimme. Oder diese Burschenschaftstypen im Theater. Oder der Vater von Marie, sagte Mike. Die war ja auch nicht ohne Grund so, wie sie war. Und das schlimme ist, dass die alle zusammenhalten und was noch schlimmer ist, ist, dass jetzt alle so tun, als wär nix gewesen. Revolution, Achtundsechzig und dann der Marsch in die Institutionen. Und da bleibt man dann. Mit Pensionsanspruch.

Und Marie, sagte Mike, die war zum Schluss genauso. Hier exmatrikuliert, dort exmatrikuliert. Die hat Vorlesungen gestört und einen Prof geohrfeigt. Und was war das Ende vom Lied. Wie durch Zauberhand hat sie auf einmal nen Abschluss. Job in der Wissenschaftsredaktion von so nem Verlag. Sitzt im Stadtrat. Eigentumswohnung in Heidelberg. Und wer bin ich dann. Opfer der Bildungsreform. Die kennt mich nicht mal mehr. Gerade genug Bildung, um das eigene Elend zu erkennen, aber nicht genug um was dran ändern zu können.

Er wollte vor Wut gegen einen auf der Straße abgestellten Mercedes treten, hielt sich aber im letzten Augenblick zurück, weil ihm klar wurde, dass dann vermutlich eine Alarmanlage losgehen würde. Und noch mal aufs Maul würd ich heut nicht mehr verkraften. Finster schleppte er sich die dunkle Straße entlang. Das muss doch irgendwo hingehen. Das kann doch hier nicht unendlich groß sein diese Scheiß-Siedlung mit ihren Nazis. Und irgendwo hörte diese Gartenstadt dann auch tatsächlich auf.

Die Straße traf schräg auf eine etwas breitere urbanere Straße und man konnte sehen, dass sie dort hin führte, wo der Himmel heller war. Die Lichter der Stadt, sagte Mike, aber es ist scheiß-weit. Es gab auch eine Haltestelle für einen Bus, der jetzt natürlich nicht fuhr. Morgen ab Acht Uhr Fünfzig. Morgen ist nämlich Samstag. Und dann, wie eine Fata Morgana, eine Tankstelle, aber auch weit weg. Das schaff ich, sagte Mike. Und ich hab ja immer noch das Münzgeld.

Die Bebauung hörte jetzt zu beiden Seiten der Straße auf und wurde durch landwirtschaftlich genutzte Flächen abgelöst. Es roch nach Erde. Es ist immer noch scheiß-weit, sagte Mike, aber er konnte jetzt die Tankstelle deutlicher sehen. Dann sah er, wie ein Auto dort rein fuhr. Gott, sagte er, die hat auf. Hier, mitten im Nichts, hatte eine Tankstelle rund um die Uhr auf. Das ist gut. Er könnte sich da wenigstens eine Cola und einen Schokoriegel holen. So langsam bin ich mit meiner Kraft am Ende. Kaum zu glauben, was ich heute schon gelaufen bin. Und dann noch der Scheiß mit dem Theater. Er blieb stehen und dachte nach: Das ist ja auch schon merkwürdig, dass ich auf so ne Idee gekommen bin.

Außerhalb des bebauten Areals war es unangenehm kalt und windig. Hätte ich nur eine andere Jacke angezogen, dachte Mike. Auch das war so was. Wieso ziehe ich meine schäbigste Jacke an, wenn ich ins Theater gehe. Er fror. Aber im Grunde sind all meine Sachen schäbig. Ich hab da ja auch nie viel Geld für ausgegeben. Er dachte an Marie und wie sie zusammen in der WG gewohnt hatten. Dann näherte sich das ruppige Geräusch eines Dieselmotors von hinten. Ein alter Benz. Ein Taxi. Als der Fahrer auf seiner Höhe war, ließ er das Fenster auf der Beifahrerseite runter und rief: Soll ich dich mitnehmen. Nee, lass mal, ich hab kaum noch Geld.

Wie viel Geld hast du denn. So nen Fünfer. Na gut. Der Taxifahrer war jung, groß, mager, vielleicht ein Student. Ist eh eine Leerfahrt ins Zentrum. Für den Fünfer nehm ich dich mit. Ich muss aber vorher noch tanken. Das ist scheiße, sagte er, Nachtzug, Hauptbahnhof, Ankunft Zwei Uhr Zehn und dann hier raus. Hier krieg ich doch im Leben keine Fahrt zurück. Wie siehst du denn aus. Ich hab eine aufs Maul gekriegt, von so nem Faschisten. Das meine ich nicht. Ich heiße übrigens Holger. Ich meine die Jacke. Ist das Blut.

Das war so ein Augenblick, sagte Mike, da war ich echt überrascht. Ich hatte das die ganze Zeit nicht gemerkt. Du hast Blut auf der Jacke, sagte Holger oder zumindest sowas ähnliches. Pass auf, dass du hier nichts dreckig machst, das ist nicht mein Wagen. Das ist ne Klapperkiste, sagte Mike, was ist das. Ein W Hundertdreiundzwanzig. Das ist ja fast schon ein Oldtimer. Trotzdem muss ich den um Fünf sauber übergeben. An die Tagschicht. Du kannst dir nicht vorstellen, wie hart hier das Geld verdient wird. Und erst die Leute. Nachts sind viele Irre unterwegs. Am liebste steh ich vorm Puff. Grad morgens. Ich fahr die Nutten und die Zuhälter nach hause. Die geben wenigstens Trinkgeld.

Mike sagte nichts und er war irgendwie froh, dass der Taxifahrer nicht weiter nachforschte wegen dem Blut auf der Jacke. Die Mikrofaserjacke von meiner Mutter, dachte Mike, die ist jetzt wohl völlig ruiniert. Am besten, ich verbrenn die. Die Taxe rollte in die Tankstelle. Wenn du sitzen bleiben willst, dann fass ja nichts an. Du kannst aber auch mit raus. Mike stieg aus. Hier im Licht wirkte die Nacht weniger bedrohlich. Holger öffnete das Tankschloss und machte sich an der Zapfsäule zu schaffen. Er fluchte leise wegen irgendwas. Bald würde der Tag anbrechen. Ich hab schon gedacht, das hört nie auf, dieser ganze Scheiß-Abend. Wär ich nur auf ein Bier ins Frau Nachbar gegangen. Der Name kam vom Spruch: Anarchie ist machbar, Frau Nachbar.

Sponti-Sprüche, sagte Mike. Kids reicher Eltern. Immer mit Rückenwind. Wenn Anarchie machbar wäre, dann würds ja auch irgendwo irgendeiner machen. Und überhaupt, was soll das sein, Anarchie. Heißt das jetzt, dass jeder machen kann, was er will. Wenn das so einfach wär. Freiheit von Herrschaft. Es gibt aber immer irgendwo einen, der dir was sagen will, einen der dir aufs Maul haut. Die Nazis, die Junker, die Burschenschaftler. An denen scheitert dann alles. Und dann natürlich an so Typen, wie meinem Vater, Gewerkschaft, Schichtzulage, Maul halten. Ein Bier könnt ich jetzt vertragen.

Willste ein Bier, fragte Holger, der mit dem Tanken fertig war. Ja, klar, sagte Mike. Holger ging zum Bezahlen. Mike sah an sich herunter. Die Jacke war auf der linken Seite ganz verklebt. Und ja, das war Blut. Aber es war nicht von außen auf die Jacke geraten. Es war aus einer Jackentasche nach draußen durchgesickert. Von irgendwas, was da drin war. Und ich habe keine Ahnung, was das ist, ehrlich, sagte Mike. Ich meine, was soll denn das sein. Vielleicht ein abgeschnittenes Ohr. Ich bin doch kein Perverser.

Ich meine, das ist irgendwas Harmloses. Nur, ich will jetzt nicht hier an der Tankstelle bei voller Festbeleuchtung nachsehen. Wie sieht das denn aus, wenn ich dann blutige Hände habe. Ich kümmere mich da später drum. Holger kam mit zwei Dosen Bier zurück und drückte ihm eine in die Hand. Was hast du denn da gemacht, ich meine, in der Siedlung, da ist doch nichts. Keine Ahnung.

Das hätte ich jetzt vielleicht nicht so direkt sagen sollen, sagte Mike. Das macht ja nicht gerade den besten Eindruck. Es war jetzt aber zu spät. Ich kann das nicht mehr rückgängig machen, dass ich das gesagt habe. Echt, sagte Holger, du hast keine Ahnung, wie du da hingekommen bist. Er öffnete sein Bier. Er schien das weder für ungewöhnlich, noch für beunruhigend zu halten. Er stellte das einfach so fest. Typ, weiß nicht, wo er herkommt. Mit blutiger Jacke. Aber irgendwie sympathisch. Gott, so abgeklärt möcht ich mal sein. Du kannst dir nicht vorstellen, wie das ist, mit den Leuten, nachts. Wieso fährste dann Taxi. Ich mach das nicht für immer, sagte Holger, das ist so ein Erfahrungs-Ding. Studierst du, fragte Mike. Ja, Geografie, und die auch. Er wies mit einer kurzen Kopfdrehung zur Kassiererin der Tankstelle. Ich kenn die, die ist ok. Nach allem, was Mike sehen konnte, war die Kassiererin jung, blond und eher kräftig gebaut. Die ist nicht so. Ist nicht so wie. So wie die Mädels die du nicht kriegst. Die ist kein Kind von Traurigkeit und die nervt auch nicht. Die ist schwer in Ordnung. Die denkt nicht, dass einer wie ich nicht gut genug ist. Ein Taxifahrer, fragte Mike. Ja, so jemand wie ein Taxifahrer. Aber bei dir würde sie die Jacke stören, nicht, dass du alt bist.

Die Jacke, dachte Mike, die hätte ich schon längst wegwerfen sollen. Und jetzt, wo sie so versaut ist, ist es auch endlich so weit. Die hat mir meine Mutter noch gekauft. Sogar Marie hatte das merkwürdig gefunden, dass ihm seine Mutter diese Jacke gekauft hatte. Die wollte immer was aus mir machen. Natürlich erst mal einen Revolutionär aber dann auch eben einen Mann, wie sie sich das vorgestellt hat. Aber dann schien ihm das nicht mehr so sicher. War das Interesse von Marie an ihm wirklich so groß gewesen. Das ist jetzt schon ziemlich lange her. Manchmal ist es ja so, dass man sich irgendwas nur vorstellt und glaubt, das ist wirklich so gewesen.

Ich bin nicht alt, sagte Mike. Doch sagte Holger, die ist fünfundzwanzig. Du bist doch mindestens zwanzig Jahre älter, das ist ja wie eine Generation. Und das ist es, was du dann merkst, dass es eben eine andere Generation ist, die denken anders und sind ganz anders aufgewachsen: die mit dem Internet und du mit dem Röhrenradio. Wir hatten einen Fernseher, als ich klein war, entgegnete Mike und merkte, wie er es sagte, dass es gerade genauso schlimm war.

Zuerst war der Fernsehapparat schwarz-weiss gewesen und er erinnerte sich, wie er das erste Mal eine Fernsehsendung in Farbe gesehen hatte. Das war bei seinem Großvater gewesen. Mein Vater, der Maschinenbediener, der konnte sich ja keinen neuen Fernseher leisten und schon gar keinen

Farbfernseher. In der WG mit Marie war fernsehen verpönt. Aber er hatte ein kleines Gerät mit Zimmerantenne und manchmal schauten die Genossen mit.

Mit der Generation, sagte Mike, hast du recht, die sind anders. Ich, das heißt wir, das heißt die Leute in meinem Alter, also die mit der richtigen Gesinnung, proletarische Herkunft, politische Bildung und so, die haben immer eine Revolution machen wollen. Das war auch damals richtig. Da gabs ja noch die richtigen Nazi-Väter, aber dann, du verstehst, hat sich das alles nicht richtig entwickelt. Es gab die RAF, die K-Gruppen, Stammheim und Drogen, Drogen gabs auch und dann - er machte eine bedeutungsvolle Pause - haben sich alle kaufen lassen.

Lass uns losfahren. Auf die Dose ist kein Pfand, kannste wegwerfen. Sechs Liter Diesel, wenn ich vorsichtig fahre. Und wenn ich richtig Gas gebe neuneinhalb. Würd ich mir auch privat kaufen, kann ich mir aber grad nicht leisten. Der geht nie kaputt, da kannste nach Marokko fahren oder in die Türkei. Sie fuhren über eine beleuchtete Umgehungsstraße. Es war wenig Verkehr. Ihnen kamen nacheinander zwei Polizeiwagen entgegen. Da ist was passiert sagte Holger. Wie kannst du sowas sagen, die haben ja nicht mal Blaulicht.

Ich kenn mich aus, sagte Holger. Hier sind nie zwei Polizeiwagen zur gleichen Zeit unterwegs. Wo sollten die auch herkommen. Hier ist nur ein Polizeirevier, das nachts nicht besetzt ist. Die kommen aus der Innenstadt. Und wenn die zu zweit sind, dann ist da richtig was los. In der Siedlung gibts Nazis, so wie die Typen, die mich verkloppt haben. Komm, sagte Holger, die kommen doch nicht wegen einem Typen, der zuhause ein Hirschgeweih an der Wand hat.

Sie könnten aber kommen, wegen einem Typ mit ner blutigen Jacke. Es ist ja schon irgendwie merkwürdig, dass dieser Holger das gar nicht zur Kenntnis nimmt. Zumindest tut er so. Macht einen auf Kamerad, auf Genosse vielleicht. Aber ich muss vorsichtig sein, ein wachsamer Bolschewik. Na ja, Bolschewik ist jetzt vielleicht zu viel gesagt, aber irgendwie aufpassen muss ich schon. Der ganze Abend ist ja so schräg gelaufen, weil ich nicht richtig aufgepasst habe.

Sie kamen gut voran. Professionell, wie der fährt, lässig, gibt nicht zu viel Gas aber eben auch nicht lahmarschig. Holger öffnete das Fenster auf der Fahrerseite einen Spalt breit. Der alte Benz hatte noch Kurbeln. Macht dir doch nichts aus. Nee, sagte Mike, so ein alter Rebell wie ich, der kann schon einen Luftzug ab. Ich meine früher ... Früher hattest du richtig was drauf. Es war nicht klar, ob Holger das ironisch meinte. Eigentlich ist er da nicht der Typ für, sagte Mike. Das ist keiner, der die Leute verarscht. Und auch keiner der so auf die intellektuelle Art sarkastisch ist. Nee, der meint das einfach nur als Feststellung. Vorsichtig sein muss ich aber trotzdem. Ich hab ja gesehen, was heute Abend passiert ist. Das waren andere Zeiten, sagte Mike.

Die Revolution hat ihre Protagonisten, sagte Mike. Ich mein das jetzt so in dem Sinn, wie man Schauspieler sagt. Und dann gibts wieder das Subjekt der Revolution, aber das ist wieder was anderes. Das Proletariat hätte das sein sollen. Also Typen, wie mein Alter. Marie hat gleich gesehen, dass der nichts drauf hat, dass der ganze Typ ne Luftnummer ist. Um ehrlich zu sein, sie kannte ein paar Arbeiter, aber keinen, der was taugte. Aber sie hat an der Idee festgehalten. Ich ja anfangs auch. Diktatur des Proletariats. Ne Lachnummer. Was hätten denn die diktieren sollen und wem. Und dann gabs halt Typen wie mich. Also erst mal mich selbst, meine ich, und dann auch noch ein paar andere. Wir wussten bescheid.

Bescheid wissen, sagte Mike, das heißt, du weißt, wie der Hase läuft. Du kennst die Netzwerke, die alten Nazis, angefangen von den Raketenwissenschaftlern in Peenemünde, den Sturmbannführern und Stalingradkämpfern, bis hin zu denen, die so tun als ob. Und alle, die dem System dienen. Da ist keiner unschuldig. Und dann du: du hast den Mumm echt was zu unternehmen, du brichst das Gesetzt. Aber dann merkst du, wie auf einmal alles aus dem Ruder läuft. Und plötzlich sind sie weg, deine Freunde, verheiratet, bürgerlich, der eine ist Lehrer, der andere Gewerkschafter, der ist dann wieder was an der Uni geworden. Burschenschaftler. kein Problem. Da kann jeder mit jedem, auch wenn sie vorneherum anders tun.

Wo willste denn hin. Setz mich irgendwo im Zentrum ab, sagte Mike, aber vielleicht nicht gerade vor nem Polizeirevier. In der Innenstadt waren noch vereinzelt Leute unterwegs. Betrunkene, Kids aus reichem Haus. Die können sich das leisten, sagte Mike. Die gehen doch nach Mitternacht erst weg. Und klar, jetzt ist bestimmt schon vier durch. So ein schicker Laden hatte noch auf. Zwei Mädels winkten nach dem Taxi. Sexy, sagte Holger. Ich schmeiß dich jetzt da raus. Siehst ja, dass ich ne Fahrt habe. Er hielt auf eine irgendwie professionelle Weise. Tschau, sagte Mike und stieg unbeholfen aus.

Mein Gott, dachte er, mir tut alles weh. Jetzt bloß aufpassen mit dem Fuß. Die jungen Frauen sahen ihn entgeistert aber auch irgendwie belustigt an. Beide stiegen hinten ein. Vielleicht ist es so, dass sich so eine nicht auf einen Sitz setzen will, wo vorher ich gesessen war. Mann, bin ich ein Loser.

Hier vor dem Laden, einem irgendwie gearteten Club, war es hell und ein paar Leute standen herum.

Ich hab das gleich gemerkt, dass das nicht meine Zeit und erst recht nicht mein Platz war. Ein Mann hat so was ja im Gefühl. Irgendwie war mir, als würde ich gleich verschwinden. Wie die mich angeguckt haben. Ich bin dann gleich los, ohne nachzudenken. Ums nächste Eck. Gott ja, eine ruhige, dunkle Straße, Mietshäuser eben. Hier, wo niemand auf der Straße war, fühlte sich Mike sicherer. Manchmal ist es ja besser, die sehen dich nicht. Aber die vergangenen Stunden hatten ihm zugesetzt.

Scheiße, sagte er, mir gehts gar nicht gut. Sein revolutionärer Elan war dahin. Ich werde alt, sagte Mike, und ich hab aufs Maul gekriegt. Wo ist die Zeit geblieben. Ich hatte doch mal sowas wie ein Ziel. Mann, ich bin fast fünfzig. Ich kann das irgendwie gar nicht glauben. In der Straße war es ruhig. Da wohnten irgendwelche Leute, die nachts schliefen. Das war einfach nur so eine Seitenstraße. Mike dachte an Marie. Die hatte die Kurve gekriegt. Er nicht. Ja früher... Aber er führte den Gedanken nicht zu Ende. Die WG, die Politik, das war alles eine irgendwie geartete Vergangenheit, von der er weder wusste, wie lange sie her war, noch, ob das, was er darüber dachte, wirklich auf Tatsachen beruhte.

Ihm wurde jetzt richtig schlecht und er setzte sich zwischen zwei geparkten Autos auf den Bordstein. Ach, Marie. Was stimmte an dieser Geschichte. Irgendwas war da schon, zwischen ihr und mir. Aber seine Erinnerung schien sich von ihm zu entfernen. Und ohne dass er es merkte, fing er an zu heulen. Das verschaffte ihm zunächst Erleichterung, dann aber fingen seine Gedanken an hektisch hin und her zu springen, als suche er irgendetwas, ein Thema, eine

Erinnerung, an der er ansetzen konnte um sich selbst zu verstehen. Sein Vater, Marie, die WG, die Politik und dann, wie er nachts unterwegs war, um Mercedessterne abzubrechen oder Papierkörbe anzuzünden. Kleine Sabotageakte, völlig bedeutungslos.

Das alles ergab kein richtiges Bild eines Menschen oder dessen Leben. Es waren Bruchstücke einer Existenz, oder besser gesagt, eines Schauspiels in dem er immer wieder auftrat um die gleichen Sätze zu sagen. Wann war sein Leben in dieser Endlosschleife hängengeblieben. Und dann ist auch noch meine Jacke total versaut. Ich muss die wegwerfen, dabei hab ich die von meiner Mutter. Und ehrlich, ich weiß nicht, was ich jetzt tun soll. Ich sollte aufstehen und nach hause gehen. Kann ja nicht so weit sein. Ich muss die Jacke verschwinden lassen, bevor mich jemand so sieht, weil sonst ist die Revolution wohl endgültig vorbei. Aber irgendwie schaffte er es nicht, aufzustehen. Er dachte, wie gut es wäre, wenn jetzt jemand da wäre, der alles in Ordnung bringt und er fing wieder an zu heulen.

XIII

Ich hätte gleich nach der Vorstellung nach hause gehen sollen, sagte Zett. Alleine schon ins Theater zu gehen, das ist ja für mich eher so etwas wie eine Ausnahme. Nicht, dass ich jetzt gar nichts mit Kultur am Hut habe, aber ich bin doch eher ein zurückhaltender Mensch. Wie schnell lernt man jemanden kennen. Nicht, dass ich das jetzt nur negativ sehe, ich meine, es ist ja mein gutes Recht ins Theater zu gehen. Man kann ja nicht nur arbeiten. Tatsache ist aber, dass das heute irgendwie ein wenig entgleist ist. Ich sollte zusehen, dass ich schnell nach hause komme.

Er stand auf um zur Straßenkreuzung zurückzugehen, weil er dort ein Schild mit dem Straßennamen erwartete. Sein Fuß schmerzte. Verflucht, sagte er, der Fuß, ich muss da unbedingt etwas drauf tun, Jod oder so was, gleich, wenn ich zu hause bin. Innere Bogensehne, Gott, sagte Zett, wer sich solche Straßennamen ausdenkt. Es gab auch eine Äußere Bogensehne und eine Tangente. Das ist Birkenhof. Ein innenstadtnaher Stadtteil, bieder, mäßig attraktiv aber mit beginnender Gentrifizierung. Und einem einzigen, angesagten Club, Charley's. Und für den bin ich zu alt.

Zett wusste, wie er von hier nach hause kommen konnte. Gott, sagte er, die Jacke hab ich echt versaut. Das ist, als wär da Blut dran. Jetzt kommt sie endgültig weg. Er benutzte Nebenstraßen. Die Entfernung betrug wohl zweieinhalb Kilometer. Es gab auch eine Straßenbahn. Keine Ahnung, ob die so früh schon fährt. Seine Aufgabe war nun, einen unregelmäßigen Vorgang in einen regelmäßigen umzuformen. Ich hab damit Erfahrung, sagte Zett.

Ein Besuch im Theater, dann mit Zufallsbekanntschaften etwas trinken gehen, dann der Weg von einem unbekannten Stadtviertel nach hause. Dass er die Vorgänge des Abends nun in ihrer Reihenfolge benennen konnte und dass sich darin, wenn man es genau betrachtete, nichts Ungewöhnliches widerspiegelte, gab Zett Selbstvertrauen. Alles war nun überschaubar und mit einer gewissen Logik verbunden. Man darf eben nicht den Überblick verlieren, sagte Zett. Ich habe Kopfschmerzen und das mit dem Fuß war ja vorher schon. Ich komme eben in die Jahre und da macht man nicht einfach so eine Nacht durch.

In den Straßen war es dunkel und still. Man konnte den Wind wehen hören. Es war immer noch kalt. Die Jacke ist viel zu dünn, sagte Zett. Was hab ich die auch so lange aufgehoben. Abgestellte Autos und Motorroller. Eine Katze kreuzte den Weg. Nachts sind alle Katzen grau, was wohl bedeuten soll, dass es Situationen gibt, in denen alles egal ist. Dann gibt es wieder Situationen, sagte Zett, wo man echt aufpassen muss. Das sind so Situationen, die sich so oder so entwickeln können. Das Beste ist, wenn alles geregelt ist, wenn klar ist, wie das Leben weitergeht.

Ist erst einmal Unordnung entstanden, dann muss man sich einen Überblick verschaffen. Man kann nicht einfach so tun, als wäre nichts gewesen, und, mit einem Fingerschnippen, zur Ordnung zurückkehren. Andererseits darf man auch nicht zu viel darüber nachdenken, wie Unordnung entsteht und wo sie herkommt. Es ist ein verrückter Gedanke, sagte Zett, Unordnung und Chaos analytisch betrachten zu wollen. Es ist einfach so, dass das nicht geht. Was geht, ist, dass man die Dinge so sieht, wie sie sind und bedenkt was der Unterschied dazu ist, wie alles sein soll.

Ich will das jetzt mal an diesem Beispiel erklären: Ich bin um Halb Fünf morgens zu Fuß unterwegs nach Hause. Meine Jacke ist dreckig, ich habe Kopfschmerzen und eine Fußverletzung, von der ich nicht weiß, woher. Richtig ist: ich sollte jetzt zu hause sein und schlafen, die Fußverletzung sollte versorgt sein und die Jacke gehört in den Müll. Was ich jetzt mache: Ich setze einen Fuß vor den anderen. Das fällt mir leicht.

Zett blieb an einem Fußgängerüberweg stehen. Die Ampel war abgeschaltet. Dies war eine Art Hauptstraße, die die Grenze zu dem Stadtteil bildete, in dem Zett wohnte. Zett wartete an dem Überweg, zum einen, weil er erschöpft war, zum anderen, weil es seiner beschaulichen Natur entsprach. Tut gut, sagte, erst mal ein wenig Luft zu holen. Es war fast noch Winter. Die Bäume in der Straße kahl, die Luft geruchlos. Eine kalte, nasse, fast anorganische Welt. Auf der anderen Straßenseite war eine Bude: Ali Baba Döner. Zett fasste in seine Jacke. Da war etwas. Er betrachtete den Flyer mit den Dinosauriern. Dieses Mädchen hat mir den gegeben. Ein Kleinwagen näherte sich. Zett sah ihm gleichmütig entgegen. Den lasse ich durchfahren, dann geh ich rüber. Es hätte auch nicht gut ausgesehen, wenn er im Scheinwerferlicht über die Straße gehumpelt wäre.

Das ist auch so eine Sache, sagte Zett. Im Grunde eine Kleinigkeit. Aber niemand kann in einen Nagel treten, dass der am Fuß oben fast wieder rauskommt, ohne dass er das merkt. Es beunruhigte ihn immer noch. Wieso hab ich das eigentlich nicht vorher gemerkt, also als ich noch zu hause war, bevor ich ins Theater gegangen bin. Wenn man es recht bedachte, war die Sache ja doch merkwürdig. Wann habe ich mir überlegt ins Theater zu gehen. Es kam ihm vor, als wenn er hier aufpassen müsste. Das kann ich jetzt irgendwie gar nicht einordnen.

So lange nicht alle Aspekte dieses Abends geklärt waren würde er vorsichtig sein müssen. Und vor allem eines: nicht auffallen. Wer weiß, wer da schon was mitbekommen hat und man weiß ja auch nie, was die Leute denken. Der Kleinwagen hatte sich genähert, war jedoch vor dem Überweg langsamer geworden und hielt schließlich an. Sind sie verletzt. Die Frau, schätzungsweise Anfang dreißig sprach deutsch mit leichtem französischen Akzent. Nein, sagte Zett. Ich dachte, das wäre Blut. Gott, die Jacke. Nein, sagte Zett, da ist nur was in einer Tasche ausgelaufen. Gehts ihnen wirklich gut. Ja, sagte Zett, alles paletti. Ich habs nicht mehr weit. Ich wollte nur helfen, sagte die Frau mit einem leicht beleidigten Unterton und fuhr weiter.

Es war, als wäre eine Schauspielerin aufgetreten. Wir wissen nie, warum bestimmte Dinge passieren und andere beispielsweise nicht. Man kann sogar sagen, sagte Zett, dass es verrückt wäre, anzunehmen, es gäbe einen Plan, einen großen Plan, nach dem diese Dinge sich ereignen. Natürlich hätte es auch etwas beruhigendes, wenn es so etwas wie einen großen Regisseur gäbe. Zett betrachtete seine Schuhe. Leichte Sportschuhe in gebrauchtem Zustand. Die Straße vor ihm: dunkel, feucht, aber nicht nass. Es gab nur wenige Pfützen.

Er hatte das Gefühl, als wäre diese Welt in ihrer Gesamtheit nicht vollständig existent, als würde sie, beispielsweise, nur zu neunundneunzig Prozent existieren, so, als wären ihre Fundamente nicht ganz sicher. Hier, in der Einsamkeit, in der Dunkelheit und Stille, bewahrte das, was existierte, noch Spuren der Vorexistenz, diesem wabernden Urgrund des

Seins, der alles hervorbringen, aber auch alles verschwinden lassen konnte.

Zett betrachtete den Mast, an dem die Fußgängerampel befestigt war, die man von der anderen Seite aus sehen konnte. Dann betastete er das kalte Metall. Man kann allerdings, sagte er, auch zu viel über solche Dinge nachdenken. Entschlossen überquerte er die Straße. Der Moment der Ruhe hatte ihm Kraft gegeben. Energisch und ohne auf seine Fußverletzung zu achten, schritt er aus. Er war jetzt auf einem breiten Gehweg in einer breiten, gut beleuchteten Straße unterwegs. Links und rechts moderne Häuser, vielleicht aus den fünfziger oder sechziger Jahren. Zwei kleine Nebenstraßen und er war zu hause.

Vorsichtig schloss er die Haustür auf. Im Hausflur roch es muffig. Werbeprospekte lagen auf dem Boden. Leise stieg er die Treppen hoch und öffnete vorsichtig seine Wohnungstür. Man kann nie vorsichtig genug sein. Zett war klar, dass ein höheres Ausmaß an Unordnung, wie er es gerade erlebt hatte, sämtliche Parameter seiner Welt sprengen würde. Man kann nicht wissen, was dann passiert. Und gerade deshalb gibt es ja so etwas wie Ordnung und genau darum gibt es auch Denkverbote.

Er wollte seine Jacke auf einen Bügel hängen und dachte: die Jacke, da war doch was. Er ging in sein Schlafzimmer, wo er einen Schrank mit Spiegeltüren hatte und schaltete das Licht an. Es war einigermaßen ernüchternd, was er zu sehen bekam. Ich bin ein alter Mann, dachte er. Vielleicht sehe ich deshalb so selten in den Spiegel. Sein Spiegelbild entsprach bei weitem nicht der Vorstellung, die er von sich hatte.

Zett dachte von sich selbst als einem unauffälligen Menschen. Ich bin ein einfacher Angestellter, sagte Zett und ich sollte auch so aussehen. Bescheiden, aber nicht zu ärmlich gekleidet. Ordentlich, wie mein Vater zu sagen pflegte: Man muss ordentlich aussehen. Hier aber sah er einen abgerissenen, heruntergekommenen Typen. Die Haare schon teilweise ergraut und wirr, die ausgeblichene Jacke schmutzig und verklebt. Hosen, dünn von zahllosen Waschgängen, unangemessen sportliche Schuhe, aber auch die, alt und schmutzig. Das bin doch nicht ich, dachte Zett.

Es kam ihm vor, als wäre es gestern gewesen, dass er von zu hause ausgezogen war, dass er seine kaufmännisch Lehre gemacht hatte, nachdem er es abgelehnt hatte, dem Ratschlag seines Vaters zu folgen und Fabrikarbeiter zu werden. Gut, sagte Zett, ich habe keine Schichtzulage, aber ich komme zurecht. Skeptisch betrachtete er sein Spiegelbild. Hier muss vieles in Ordnung gebracht werden. Und so sehe ich ja nun wirklich nicht aus.

Die Jacke könnte ich gleich durch die Maschine laufen lassen. Den Gedanken, sie wegzuwerfen oder gar zu verbrennen hatte er aufgegeben. Die ist ja schließlich noch von meiner Mutter. Und wenn man die gleich wäscht, geht das Blut raus. Dann dachte er, dass sich vielleicht jemand von den Nachbarn beschweren würde, wenn er morgens um fünf die Waschmaschine laufen ließ. Er nahm einen Eimer um die Jacke einzuweichen. Sonst wird die nie mehr sauber.

Am Küchentisch schlief Zett vor Erschöpfung ein. Er erwachte durch ein Geräusch und schleppte sich ins Schlafzimmer, wo er weiter schlief, bis in den Nachmittag hinein. Wenigstens habe ich die Schuhe ausgezogen, dachte er bei sich. In der Wohnung war es kalt. Er suchte den

Heizkörper und drehte am Ventil. Danach blieb er noch eine Weile auf dem Bett liegen. Das Zimmer wirkte ärmlich. Die Spiegeltüren des Kleiderschranks waren matt und schmutzig, mit zahlreichen Fingerabdrücken darauf. Kartons mit undefinierbarem Inhalt standen herum. Das Bett quietschte. Man muss es aber so akzeptieren, wie es ist, sagte Zett.

Er versuchte sich zu erinnern, wie lange er hier schon wohnte. In jedem Fall ist das schon ziemlich lange, aber genau kann so etwas niemand wissen. Auf jeden Fall müsste ich hier mal was machen, streichen, oder so. Zum Glück ist jetzt ja Wochenende. Im Kühlschrank war noch Bier, ein angebrochenes Gurkenglas mit einer einzelnen Gurke und eine halb aufgegessene Portion Nudeln. Diese Essiggurke, sagte Zett, tritt in mein Leben, wie ein Schauspieler auf eine Bühne. Und alle Dinge, alle Gedanken, aber auch alle anderen Menschen sind Schauspieler. Es ist wie eine Aufführung im Theater.

Der Kühlschrank selbst war ebenfalls sehenswert. Ein Modell aus den fünfziger Jahren, Marke Bauknecht. Mit einem großen roten Sowjetstern auf der Tür. Ich glaube, sagte Zett, der Stern war da schon drauf, als ich den gekauft hab. Ich würde sowas ja nie selber machen. Mit dem Kommunismus hab ich nichts am Hut. Mit Politik allgemein nicht. Und es spricht ja auch nichts dagegen, einen gebrauchten Kühlschrank zu kaufen. Das ist legal.

Nachdem er die Gurke und den Rest der Nudeln gegessen hatte sagte er zu sich: Die Pflicht ruft. Disziplin, Disziplin. Ich habe ja noch etwas vor. Er ging ins Badezimmer, wo der Eimer mit seiner Jacke stand. Das Wasser war rotbraun. Die muss ich noch mal einweichen, dachte er. Er stellte den Eimer in die Badewanne, zog die Jacke heraus und kippte das

Wasser aus dem Eimer ins Klo. Dabei war ihm, als wäre mit dem Wasser ein irgendwie gearteter weicher Gegenstand ausgekippt worden. Mit verhaltener Neugier sah er in die Toilettenschüssel. Was immer das war, das ist schon durch den Siphon. Er betätigte die Spülung.

Eigentlich kann ich die Jacke ja gleich in die Maschine. zwei Durchgänge vierzig Grad mit Wollwaschmittel. Danach wäre der Tag vorbei. Das ist aber nicht schlimm, sagte Zett, für meinen Geschmack habe ich ja eher zu viel erlebt. Das ist, wenn man es genau überlegt, gar nicht meine Welt: Theater, Leute kennen lernen, Alkohol, Vergnügen. Aber ich habe, wenn ich das will, grundsätzlich das Recht dazu. Einmal ganz davon abgesehen, dass es in einem gewissen Sinn zur Vollständigkeit meiner Person beiträgt.

Ich habe es nicht leicht gehabt, sagte Zett. Damit meine ich, das zu werden, was ich bin, oder, genauer gesagt, der zu werden, der ich bin. Meine Eltern waren einfache Leute, wie man so sagt. Der Vater: Fabrikarbeiter. Wenn ich an den denke. Eigentlich hab ich mich mit dem ja gut verstanden. Aber er wollte eben einen Sohn, der in seine Fußstapfen tritt. Ich meine, welcher Vater will das nicht. Fabrikarbeit, das ist einfach nichts für mich. Klar, damals war man froh, wenn man Arbeit hatte, war ja alles nicht so einfach, die Familien hatten alle Kinder. Aber meine Mutter hielt mich für etwas Höheres bestimmt. Eine kaufmännische Ausbildung, sagte sie.

Zett saß an seinem Schreibtisch und hatte die Füße hochgelegt. In der Küche hörte er die Waschmaschine rumpeln. Der Tisch war von einer feinen Staubschicht bedeckt. Hier müsste ich auch mal wieder sauber machen, sagte Zett. Klar, dass der Schreibtisch einstaubt, was hat denn auch einer wie ich zu schreiben. Alle Räume hatten Dachschrägen. Insgesamt wirkte die Wohnung finster. Aber ich habe mich hier von Anfang an wohl gefühlt. Vorher, sagte Zett, hatte ich eine Wohnung ohne Bad und ohne Heizung. Untendrunter Garagen. Kann man sich nicht vorstellen. Fußkalt war das. So kann man das sagen.

Ich wollte irgendwie schnell von zu hause weg. Jetzt, wenn ich mir das so überlege, weiss ich nicht einmal mehr warum. Mit meinem Vater hab ich mich ja verstanden. Und meine Mutter, na ja, die war kapriziös, wie mein Vater so sagte. Eine Schmuckverkäuferin. Für ihn war das wie aus einer anderen Welt. Der kannte ja nur mit den Händen zu arbeiten. Für den war jeder Angestellte, jeder Verkäufer eine Respektsperson. Und dann erst jemand vom Amt.

Aber was ich von Anfang an gelernt habe ist: Ordnung halten. Es muss immer jemand da sein, der die Ordnung aufrecht erhält. Bist du allein, dann bist es eben du selbst. Und das ist gar nicht so leicht, wie es sich anhört. Da gehts ja nicht darum, dass man einen Schreibtisch aufräumt. Da gibt es Faktoren, die kommen von außen, und plötzlich ist sie da, die Unordnung. Das hat grundsätzlich etwas damit zu tun, wie die Welt funktioniert. Das ist kein Uhrwerk, das abläuft. Das wäre dann ja so, als könnte man aus allem, was beispielsweise heute passiert, berechnen, wie der morgige Tag wird. Das geht aber nicht. Das weiß auch jeder. Nein, was man dann erlebt, ist eine Überraschung.

Es ist mehr so, wie in einem Theater. Man sieht ein Stück. Dann treten sie auf: Menschen, Gegenstände, Ideen. Man weiß nicht, wo sie vorher waren. Man weiß auch nicht, wohin sie verschwinden, wenn ihr Auftritt vorbei ist. Manche wehren sich dagegen, zu verschwinden. Sie halten sich hartnäckig fest. Aber das ist nicht das, worum es geht. Was wirklich wichtig ist, ist, dass man versteht, dass alles Mögliche passieren kann auf dieser Bühne. Plötzlich tritt so ein kleiner Clown auf und sagt seinen Text. Und du bist der Zuschauer.

Von daher also die Sache mit der Unordnung. Du kannst nie wirklich wissen was passiert. Vielleicht weißt du nicht mal, wo du bist, wenn du die Augen aufmachst. Und dann kommt eben jene zweite Sache. Also die erste ist, dass du die Unordnung in Ordnung bringen musst. Aber die zweite Sache ist: du darfst nicht so viel drüber nachdenken. Das ist gefährlich. Alleine schon, wenn man sich vorstellt, warum es in der Welt Unordnung gibt und beispielsweise nicht ausschließlich Ordnung, da ist man dann schon an einem Punkt, da könnte man verrückt werden.

Zett betrachtete die Gegenstände auf der Schreibtischplatte, einen Locher, einen Tacker, einen Bleistiftspitzer, mehrere Bleistifte und Kugelschreiber, dann ein paar lose übereinander geschichtete Papiere, Aufforderung sich beim Amtsarzt zu melden, Sozialamt, Behördenkram. Dann sah er in das Zimmer. Die dunkelgrüne Tapete, den grauen Fußboden. Hab ich selbst verlegt, dachte er, war schwierig. Ich bin ja kein Handwerker. Ein billiges Regalsystem mit dunklen Brettern und Büchern darauf. Eine Art Poster mit einem Jugendstil-Motiv. Es könnte besser sein, aber auch schlechter. Wenigstens weiß ich, wo meine Sachen sind. Immerhin bin ich Angestellter in einer Personalabteilung, da sollte das auf jeden Fall so sein.

Es folgte ein Zeitraum unbestimmter Länge in dem das Denken von Zett seine Struktur verlor. Es war nicht so, dass er nichts dachte, aber die Elemente seines Bewusstseins verbanden sich nicht zu größeren Zusammenhängen. Kaum mit Worten zu fassen, tauchten einzelne Bilder auf. Dann fokussierten sich seine Gedanken auf seine Bücher. Ich habe mir einmal Bücher gekauft, sagte Zett, aber das ist schon länger her. Er las: Christine Mylius: Traumjournal, Albert Camus: Die Pest, Handbuch der Rauschdrogen. Das öffnete er. Das billige Papier war vergilbt, das Buch verstaubt. Wie die Zeit vergeht, sagte Zett.

Er ging ins Bad, zog Schuhe und Strümpfe aus. Mit Hilfe eines Spiegels betrachtete er die Sohle des verletzten Fußes. Man kann nicht sagen, dass es schlimmer geworden ist, sagte Zett, aber es ist wohl besser, wenn ich die Wunde desinfiziere. Er holte Jodtinktur aus dem Badezimmerschrank. Unter seinen nackten Füßen spürte er die Kälte der Fliesen. Was für ein Glück, dass morgen Sonntag ist. Oder vielleicht doch kein so großes Glück, Sonntage habe ich immer gehasst. Aber irgendwie brauche ich jetzt einen Tag zum Ausruhen. Dann war die Waschmaschine fertig. Ein Durchgang reicht auch, entschied Zett und hängte seine Jacke zum Trocknen auf einen Bügel.

ENDE